夜の蛾

杉山 実
sugiyama minoru

ブックウェイ

夜の蛾　◎目次

一話

「今夜も飲んだわ！」

自宅のマンションに戻った聡子はメイクも落とさずに、パソコンの前に座った。

東京渋谷にあるスナック「銀のＣＯＩＮ」が聡子の勤め先。二ヶ月前から水商売に足を染めていた。

開いたパソコンに映し出されたのは自分の持っている株の価格。

少しでもお金が欲しかったので店に来た男性に勧められるまま買ったが、昨日から下落が始まり不安だった。

昼間は学校が終わると急いで夜のバイトの準備をして店に行くので、ゆっくりと確認できるのは深夜になってからだった。

横浜の国立大学を卒業して有名大企業に勤められたのに、何処かで大きく歯車が狂い、バイトと勉強に追われる毎日。

生まれは神奈川県の横須賀、子供の頃から兄の孝一とは全く異なり、勉強は良くできていつも成績はクラスでトップ。孝一は全く勉強ができずに、私立の大学に辛うじて入学した。

聡子に大きな人生の転機が訪れたのは、大学二年生の冬だった。

父の治が病に倒れて入院、余命一年のステージ四の大腸癌が発見されたのだ。

孝一は大学の三年生で就職も決まり、残り一年の大学生活を満喫しようと呑気に考えていた。

母の昭子は孝一の学費の工面、治の病院の費用とお金の捻出に苦労していた。

堂本家にとって一気に波乱の冬が始まってしまった。

癌保険が使えるが取り敢えずは立て替えで沢山のお金が必要になる。

就職が決まった孝一に大学を諦めてほしいとはとても言えない。

昼間のバイトで書店の店員をしていた聡子も、昭子に相談され、もう少し高額の給料を得られるバイトを探すため友人に相談したところ、渋谷のスナックを紹介され働くことになった。

聡子はインテリホステスとして人気が上がり、特に外人客に得意の英語力が役立ってママに喜ばれた。

だがお酒が不得意だったため、二ヶ月でスナック勤めに限界を感じ始めた。

少しでもお金を増やそうと株に投資したが、無意味に終わり、いよいよ決断を迫られる。

父の治は放射線治療と抗ガン剤治療で、外科的手術は行わずに治療することになるが、それには費用が沢山必要だった。

それから数年後の秋の早朝、愛犬イチの鳴き声で美優は目を覚ます。

寝ぼけ眼で「一平ちゃん！　携帯が鳴っているわよ！　起きて！　事件よ！　イチのあの鳴き方は間違いないわ」

最近では携帯を台所の横に置いていて、その直ぐ隣の部屋にトイプードルのイチが寝ている。

ベッドで寝返りをして隣の美優に抱きつく一平。

「何しているの？」静岡県警捜査一課主任、野平一平の自宅でのだらしない姿だ。

「キス」美優の身体を抱き寄せるが「一平！　事件よ！　起きて！」そう言って美優は飛び起きる。

「あっ！」驚いて再び布団に潜り込み服を捜す美優。

気が付けば全裸で眠っていたことをすっかり忘れていた。

昨夜一平が酔った勢いで、抱きついてきてそのまま愛し合って眠ってしまった二人。

「きゃーーー」衣服を捜していた美優が、一平の股間の物を触ってしまった。

朝早く元気溌剌の一平の股間に驚いてしまい「馬鹿！　早く起きて！」と思い切り引っ張る。

「わーーー」の声と同時に飛び起きると「事件よ！」美優の声に漸く目覚める。

「携帯が鳴ったのか？」

「イチの鳴き声だと殺人事件だわ」

急いで支度をすると、既に同僚の伊藤純也が玄関先で待っていた。

同じマンションの一階上に住んでいるので、呼び出しの時はいつも伊藤が一平を誘いに来る。

「おはようございます！　変死体ですが殺人事件のようです」

「被害者は？」

「東南物産常務、桂木洋三、六十二歳です」

「身元が判っているのか？　東南物産は大企業だな！　そこの常務か？　何処で発見されたのだ！」

「浜名湖の舘山寺温泉の近くです。浜松の警察では青酸性の毒物による自殺の可能性もあると言っています」

「自殺の可能性って、動機が必要だろう？　あるのか？」

「それは判りません」

車に乗り込み高速に入ると、昨夜の疲れが今頃になって出てきて、一平は話を止めて眠ってしまった。

その日のうちに家族が浜松警察署に到着して涙の対面となり、妻の俊子は毒物などの現物を見たことはないが、洋三が若い時、取引先で手に入れたと話したことがあると言った。

夕方になって娘の真悠子が自分の亭主、小南義則とやって来た。

義則は東南物産大阪支店勤務で、妻の親父の死は今後の出世の妨げになると顔面蒼白だった。

洋三にはもう一人息子の洋介がいるが、現在は東南物産中国支店に勤務しているので、今日には戻って来られなかった。

捜査員が現場の聞き込みを始め、車はレンタカーで亡くなる前日に静岡の新幹線乗り場近くで借りていたことがわかった。

その時に同乗者は誰もいなくて、保険も一人分になっているので、一人だろうと思われた。

だが翌々日、次の事件が起こって、静岡県警は大忙しに変貌してしまった。

熱海の梅林で中年の女性が同じく青酸性の毒物による変死体で発見されたのだ。

二話

翌日、静岡県警に合同捜査本部が設置された。

毒物が全く同じ成分の青酸性の毒物と判明したので、捜査本部が静岡県警に置かれ殺人事件として捜査が始まった。


話は数年前に戻って――。

聡子はお酒が飲めないのでスナック勤めには向かないと考え、仰天の決心をして、風俗で働かなければ難しいのでは、と思い始めた。

大学入学と同時に住んでいた一人暮らしのマンションを引き払い自宅に戻った。

そして、家族にも友達にも内緒で、品川の風俗店に電話をすると直ぐに面接の日取りが決められた。

大学一年生の時、友人の知り合いの男性と付き合い、その学生との初体験から数回のSEXは体験していたので、勇気を振り絞っての風俗挑戦だった。

顔は目を見張る程の美人ではないが、持ち前の頭の良さで相手に話を合わせることは上手だ。

「品川ゴールド」と呼ばれるデリヘルはチェーンの系列店が多く、一度風俗に足を踏み入れたら六十歳まで働くことができる店舗構成になっていた。

最近では若い女性が小遣い稼ぎのために、数ヶ月の間仕事をして去る場合も多かった。

面接官の森繁は聡子を一目見ると、全くの素人娘だと判った。

話をしていると、長い間この仕事が続けられる女性ではないことが想像できた。

森繁は「半年でも真面目に働けば結構なお金になりますよ」と不安を取り除く。

「私、全くの初めてなのですが働けますか？」

「当店は他店と異なり、オープンなチェーン店ですから、墨を入れた女性でも大丈夫ですし、全くの素人の方でも専門スタッフが実地指導を行ないますから、大丈夫です！　もちろん本番行為は行ないませんので、安心して下さい」

パンフレットを見て「沢山お店があるのですね、マッサージ店も？」

「はい、そのお店で働くにはマッサージの練習を約一ヶ月しなければいけないので、堂本さんには時間的に難しいと思いますよ」

「直ぐにお金が必要なのです」

「当店はその日に支払いますので、お客様から頂いた金額から車代を差し引いた金額の半分が堂本さんに支払われます」

「その日払いなのですか?」

「そうですよ、例えば五万の客三人なら半分の七万五千円が最終で支払われます。時々、自分には合わないと一日で辞める人もいますが、その場合でも減額になることはありません」

その日払いは聡子には最高に嬉しいシステムだ。

スナックを辞めたので、直ぐにでもお金が必要だ。

「もし働くなら、写真撮影をしてアップすれば明日からでも働けますよ」

今日思い切って決めなければ、二度とこのような場所では働けない。

「お願いします!」と言ってしまった。

「隣のスタジオで撮影するから、行って」マンションの隣の部屋に案内されると、カメラマンの男性と中年の叔母さんが「撮影ね、そうね! あなたならこの清楚系の服が似合うよ! 適当に写せば修正で綺麗にでき上がるし、知り合いが見ても判らない程変わるから、安心すればいいわ」

簡易の衝立の奥で着替えると、自分ではないような感じになって撮影が進む。

「次はこの下着で撮影だよ」女は白のレース柄の下着を差し出す。

驚き顔になる聡子に「どうせ修正で殆ど元の姿はないのだけれど、一応元を作らないとね」

そう言われて、恥ずかしそうに着替えるとポーズを要求され、十枚程度の下着姿の撮影が終わった。

帰り道、もう後戻りはできないと心に決めて横須賀の自宅に戻った。

相変わらず母は病院の付き添い、兄は何処かに行って留守。

勉強の遅れを取り戻すために夜遅くまで机に向かい、終わったのは深夜の二時だった。


翌日、昼間は大学の授業に出て、夕方からデリヘルの事務所に向かい、今日から客を……そう考えると気が重くなる。

彼氏以外で初めての男性の相手をできるだろうか？　心配が頭をよぎる。

事務所に行くと「名前はかつみちゃんにしよう」森繁が言った。

そして仕事の前に練習をしましょうと、今度は右隣のマンションに連れて行かれて、そこでテキストを見ながら実地練習が始まった。恥ずかしそうに裸になると、「基本だけ教えるから、あとは恥ずかしそうにしていれば男が勝手に遊ぶよ！」と教えてくれた。

しばらく練習をして事務所に戻ると「今夜のお客は紳士的な赤木さんって人にしたから安心して。六十歳のおっさんだけれど、誰からも好かれている人よ」と言われ、ドライバーがホテルまで送ってくれた。

名古屋から来た赤木は本当に紳士的で、お風呂に一緒に入って殆ど話をしただけで二時間が終わった。

これで二万五千円貰えるなら簡単だ。聡子は風俗の仕事を甘く見てしまった。

それでも働けるのは週に一度か二度、スナックよりも少ないたったの二日間、目を瞑れば数万円から数十万円が稼げる。

特に赤木さんと、関西から来る北畠さん、東京の加山さんの三人は年齢も近く、紳士だった。なかでも加山は聡子が入ると必ず呼んでくれた。

赤木と北畠は遠方なので、月に一度だが加山は月に最低二度、多い時は三度も呼んでくれた。

そのため三人には気を許してしまい、自分が横須賀の出身で国立大学に通っていると話してしまった。

数ヶ月して父治の大腸癌の進行が止まり、体調は職場復帰ができる状態にまで戻った。

聡子は夜のバイトの時間を大きく減らし、三人が呼んでくれる時だけ出勤するようになり、今年で風俗の仕事を辞めて来年から就職活動をすることにした。

三人にはラインで話をして、今年限りでもう会えませんと伝え、最後の夜を三人三様で過ごした。

加山は三時間以上と長く、他の二人とも三時間ほどを楽しく過ごした。

「良い大学を卒業するのだから一流企業に勤めるんだろうな？」三人が同じようなことを聞

いた。

聡子は上場企業で難関と言われている企業に就職したいと考え、年が変わると企業説明会等に積極的に参加して、四回生になったら直ぐに内定が貰えるように頑張ろうと考えた。

ところが、二月に会社訪問をした時、柳井工業という上場会社で、親切にしてくれた社員に一目惚れをしてしまう。

その彼、植野晴之も聡子に興味を持ち、付き合いを始めることになった。

年が変わって急に運が向いてきた……。聡子は嬉しくなった。

去年の今頃は最悪の状況だったが、今は父の病気も快方に向かい、就職活動もできて彼氏もできた。喜びはひとしおだった。

三話

晴之は、社内恋愛が聞こえると、直ぐにどちらかが転勤を命じられるから、自分の会社には就職しないでほしいと言う。

聡子は風俗に勤めていたことを悟られないように注意して付き合い、身体の関係もなかなか許さない。

晴之もそんな聡子を国立大卒の頭デッカチ女性だが、比較的美人でインテリの感じを表に出さず、簡単に誘いにも乗らない所が良いと感じ、かえって興味をそそられた。

晴之が私立大学卒で聡子の学校に比べると多少劣ることも二人の関係を親密にさせた。

付き合い始めて三ヶ月目のある日、レストランのテーブルに携帯を忘れてトイレに行った時、運悪く加山が電話を掛けてきた。

加山が一番多く聡子を呼んだので、加山には電話番号を教えていた。

ほかの二人にはメールアドレスのみを伝えている。

「加山さんって男の人から、電話が入っていたよ！」

その言葉に一瞬驚く。が、冷静を装うと「親戚のおじさんが何かしら？」と惚けた。

〝加山の叔父様〟と着信時に判るようにしたことで、窮地に立たされたのだ。

その後、二人の間に少し変な空気が漂ったことで聡子は後悔した。

翌日、メールで毎日のように挨拶してくれる関西の北畠に、自分がメールするまで挨拶メールも送らないで下さいとお願いした。

何故と聞かれて、彼氏ができたので困るのよ、また機会があれば自分の方から連絡しますと、事実上の決別を言った。

赤木には個人的に会いたいと再三誘われていたが、本番行為は嫌だから無理と断り続けていた。

そしてお付き合いをする男性ができましたので、もうメールもできませんと一方的に断った。

二人には何とか決別をしたが、問題は加山の存在だった。

赤木以上に定期的に会いたい、月に幾らかの小遣いを払うから考えてほしいと、執拗に迫られていた。

聡子は風俗のバイト中も一切本番行為は拒絶し、執拗に迫る客には、店に報告して出入り禁止にしますと脅していた。

少しの間、家族のために苦渋の決断で風俗のバイトをしたのだが、どうしても自分に対して許すことができなかった。

三人の叔父様は優しくて、可愛がってくれたが一線は守ったのだ。

加山にも赤木と同じように話すと「彼氏と別れた時に例の件を承諾して貰えるなら、ここは引こう！」とまるで晴之と別れるのを予想しているように言った。

「お父さん、前田機械だしな！」と話したこともない父の会社の名前まで言った。

電話を切られて、顔面から血の気が引くのを聡子は生まれて初めて感じた。何度か会う間に色々と話してしまったことを後悔したが既に遅い。父に自分のバイトの話が伝わったら大変なことになる。

そう考えているとメールが届いて「聡子さんが約束を守れば、絶対に私も守ります！　聡子さんが幸せならそれが一番だから、安心して下さい！　彼氏と仲良く幸せに！」と書いてあった。

冗談とも本気とも思えるメールだが、その日を境に三人の叔父様からは、電話もメールも届かなくなった。

話は戻って――。

梅林公園の死体は、中年の女性という以外には身元が判明するような持ち物が全くない。死体の解剖で毒物が同じだと判明したが、桂木洋三との共通点は何もなかった。ただ、青酸性の毒物が昭和三十年代のメッキ工場で使われていた品物だとわかったので、同一犯の犯行に違いないとされた。

「一平ちゃん！　梅林公園の死体の身元が判明したの？」自宅に戻った一平を待ち兼ねて尋ねた。

「全く判らない！　届け出もない。服装は質素で桂木さんの家族に写真を見て貰ったが知らない人だった」

「服装が質素なら、桂木さんとは住む世界が違うわね、相手は大会社の重役さんだからね！」

「そうなんだよ、同じ場所で殺されていたらともかく、場所も全く違うからな！」

「モンタージュ公開まで、手掛かりがないような感じね」

美優は一平からの情報を元に推理をするのだが、今回は全く共通点がないので偶然？とも思う。だが、青酸性の毒物は昭和三十年代の物で、最近では全くないし手にも入らない。

桂木は缶コーヒーを飲み、女性は缶の緑茶。どちらも大手の自販機で販売されている。

「缶コーヒーとか、缶のお茶を近くで買ったのでしょう？　殺害現場の近くで不審な人が買った形跡はないの？」

「どちらも大手の自販機で、町中にあるよ！　それに今の季節はホットもアイスも飲むからな」

「お茶はアイス用とホット用は違うわよ」

「そういえば、これはどちらだ！」手帳に挟んだ写真の中から、選び出して見せた。

「これはアイス用だわ！　朝からアイスを飲むかな？　朝は少し寒いのに」

「そうだな！　死亡推定時刻は、未明の二時から五時の間だ」

「十月下旬の夜明け前は、寒いから絶対にアイスは飲まないわ」

「でもこの茶は自販機専用の形なんだよ！」一平が頭を抱える。

「桂木さんの事件の目撃者はいないの？」

「たぶん殺害現場は別の場所だと思う」

「運転席に座って死んでいたけれど、運転して来た感じが少し変だった」

「それは一平ちゃんの勘？」

「刑事の勘！」

「一度資料借りてきてよ！」

「えー、美優がまた首を突っ込むの？」

「静岡県警さんに任せておけないでしょう？　犯人の頭の良さが見えるような感じがするからね！」

「東南物産って何でも扱う総合商社で、桂木さんは筆頭常務で、今年中には専務昇格は間違いないと噂があったようだ」

「出世争いの殺人？」

「でもないようだけど、敵も多いだろうと思う」

「人間関係は？　例えば女性関係？」

「特別な人はいなかったようだが、遊びは好きだったようだ」

「愛人とかは面倒くさいと思う人ね」

その後も二人の話は夜中まで続いた。

四話

数週間後、ラブホテルなどのベッドメイキングを請け負う会社ニシジマから、二ヶ月前まで登録していた女性に特徴が似ていると同僚からの申し出があったと、静岡県警に問い合わせが来た。

ニシジマは静岡県から神奈川県のラブホテルを中心に、数多くのベッドメイキングと清掃の契約をしている。

女性の名前は、足立伸子、五十六歳だと連絡があり、履歴書の写真をメールで送って貰い確認すると、たぶん同一人物だと思われた。そこで会社の人事と同僚、松原綾子に県警に出頭して貰うことになった。

足立伸子は二ヶ月前に突然辞めたが、住まいは会社の寮で一人暮らし、元の住所は兵庫県朝来市になっていた。

綾子の話では、三ヶ月ほど前に仕事先で面白い物を拾ったと話していたが、それが何かを聞いても教えて貰えなかったとのことだった。

ラブホテルで何かを手に入れ、強請を始めたので殺されたと捜査本部の意見は一致した。

横溝捜査一課長は、早速桂木が誰かに強請られていた事実がなかったかを調べることにした。

「それは変よ！　強請られていた人が桂木さんなら、先に殺されて強請の本人が後からは殺されないでしょう?」

美優が帰宅して捜査本部の話をすると、暫く考えて言った。

「そうだよな！　じゃあもう一人の同伴の人間が一緒に強請られていた」

「それも変よ！　もし桂木さんと誰かが一緒に強請られていたら、二人で力を合わせて伸子さんを殺すことはあっても、強請の本人と一緒に桂木さんを殺さないわ！」

「三角関係?」一平が言うと「あのおばさんと桂木さんが?」そう言って大笑いをする美優。

ラブホテルで客が忘れた何かを拾った伸子が、強請ったのは間違いないと二人の意見は一致した。

では何を拾った?　ラブホテルで客が一番困るのは?

おそらくそれは、身分の判ることと、一緒に行った相手に何か問題がある時だ。

伸子が桂木さんの身分を知り脅したら、相手が有名な女性の場合は成り立つ！　美優は一平が寝て高鼾の間も様々なことを考えていた。

缶コーヒーとアイスの自販機専用のお茶で青酸性の毒物を飲んで亡くなったふたり。

青酸性の毒物は桂木さんが若い時に手に入れて持っていた物で、間違いないのだろうか？


その後レンタカー会社を調べていた白石刑事達が、桂木さんが他の会社でもこの数ヶ月の間に二度、車を借りている事実を突き止めた。

だが、どの場合も一人で借りているので同乗者の姿は確認できない。

土曜日の昼から借りて日曜日の午後には返却している。

走行距離は五時間から六時間で、高速を走るともう少し広範囲になるだろう。

「他の場所で借りている可能性もあるから、他県でも調べてくれ」佐山は神奈川県、山梨県あるいは東京から一泊旅行に行く場所に足跡が残ると考えた。

会社からの仕事ではなさそうで、すべてプライベートの行動になっていたが、自宅では仕事だと妻には伝えていたようだ。

妻、俊子は、過去にも会社の内密の商談、接待など、結構闇の部分の仕事を休日に行っていたので、どの日が仕事なのかプライベートなのか判らないと証言した。

最近では殆ど会話もなくて、妻は韓国の俳優にのめり込み、家庭のことは家政婦に任せている状況だ。

捜査本部の報告で、桂木常務の私生活を照会すると、仕事関係でも敵が多かった可能性もあり、横溝捜査一課長がもう少し広範囲に捜査するように指示をした。

足立伸子と桂木常務の接点は全くなく、可能性があるのは桂木常務がラブホテルを利用した時、何か大事な物を忘れてそれが伸子の手に渡り、脅迫されたことだ。

しかし、それが何処のホテルで日時は？　伸子が担当した二ヶ月から三ヶ月前のリストを会社から貰い、調べ始めた。

七月から八月には確かに桂木常務はレンタカーを借りて、静岡駅を出ている。

その日は松原綾子と一緒で、静岡市内のラブホを中心に五軒に行ったが、変わったことは全くなかったとわかった。

桂木のレンタカーの走行距離は、伊豆半島に行く程の距離を走っていると記録に残り、静岡市内で何かをラブホテルで忘れたとは思えなかった。

捜査会議で佐山が「もしも足立伸子が桂木常務の何かを掴んで強請ったとして、強請った女性が殺されるのは考えられるが、強請られた常務が先に殺されて、二日後に強請った女性が殺されるのは考えられません」

「殺された当日梅林公園の近くで、女性の姿を見た新聞配達員がいましたので、間違いないと思われます」伊藤刑事が裏付けで報告した。

「それは三時半頃で、販売店に向かう時に見たそうです」さらに付け加えた。

伊藤刑事は住田、近藤、女性刑事の小寺沙紀と四人で、殺害現場の梅林公園周辺の聞き込みを担当していた。

一平は白石刑事と桂木のレンタカーの調査に加え、他の会社、他の駅を捜していた。

その一平が「今のところ、静岡駅の新幹線側のレンタカー会社以外、桂木さんが借りた車は見つかっていません」と報告した。

だが、範囲を広げると膨大な件数になるので、引き続き調査をすることになった。

横溝捜査一課長が「この事件は、同じ青酸性の毒物が使われた。昭和三十年代にメッキ工場で頻繁に使われていた物で、現在では入手困難だから桂木常務が昔手に入れた物だろうと思われるが、決めつけることは良くない。もう少し目撃情報を聞き込んでほしい」と締めくくり会議が終わった。

自宅に帰ると待ちかねたように美優が「足立伸子さんって小柄な女性よね！」いきなり尋

ねる。

「そうだ、百五十センチで細身、小さい女性だけれど？」

「それなら女性でも殺せるわね！」美優は一日中色々なことを想定して考えていた。

「今日目撃情報が発表されて、新聞配達員が会社に向かう前に梅林公園で彼女を見たそうだよ！　三時半頃だって」

「その時間の後に殺されたのね！　でも真っ暗でしょう？　その時間」

「足立さんが殺された場所は街灯がなかったけれど、少し場所を移動すれば街灯の明かりがあるからな」

「死亡推定時刻が二時から五時だから当てはまるわね、逆なら直ぐに解決だけれどね。脅迫された桂木さんが先に殺されているから、本当に桂木さんと足立さん関係あるのかな？」

流石の美優も疑いの目で見てしまう、動機が判らない事件になっていた。

五話

足立伸子が仕事に行ったラブホの監視カメラの画像を取り寄せ、二ヶ月前の桂木常務がレンタカーを借りた日にちを重点的に解析する県警。

五軒のラブホに入る車を根気よく調べたが、該当のレンタカーが入った形跡はなく、レンタカーとラブホ、そして足立伸子が結びつくことはなかった。

白石と一平のレンタカーを借りた店舗探しも、全く他ではなく系列店舗にも桂木常務の借りた形跡はなかった。

「これ本当に同じ犯人の仕業なのかな?」疲れて自宅に戻った一平が美優に尋ねた。

「青酸性の毒物が全く同じだから、同一犯だと思うけれど動機が浮かばないのよ。桂木常務の連れが犯人だとしても、二人を殺す理由がないでしょう?」

「我々の捜査はラブホで捜しているが、本当に桂木常務が女性と一緒に泊まって何か重要な物を落として、足立伸子が脅迫したのだろうか?」

「でも足立さんの口座にお金が百万入った形跡があるのでしょう?」

「でも桂木常務の口座を調べたが、その時期に百万を使った形跡はないのだ」

「じゃあ、別の人が百万を払ったのね!　桂木常務以外の人の何かを拾った?　でも殺されたのは同じ毒物!」

「二人に接点も面識も全くない」美優と一平そう言って溜息をついた。

翌日の捜査会議で横溝捜査一課長は、桂木常務と足立伸子の行動をもう少し深く掘り下げて調べようと発表し、佐山をリーダーにして足立伸子、一平をリーダーにして桂木常務を調べることになった。

その後二人の携帯の記録を調べると、足立伸子の携帯に桂木常務の電話番号はないし、桂木常務の携帯にも足立の番号は存在していないことが検証できた。

もちろん、メールの記録も二人の間には存在していない。

二人を結び付けるのは、ただ一点同じ毒物で殺されていることだけだった。

県警はこの時から二人を殺す動機がある人物を想定して、捜査を始めることに変更した。

桂木常務の通話記録は、取引先、会社の事務員、家族、知人と多種多様で、もちろん非通知の履歴も多い。流石に大企業の常務だけあって通話記録の検証にも時間を要した。

足立伸子の通話記録は簡素なもので、勤め先、家族、友人、非通知の着信が事件前後に何本か入っているだけで、この非通知が犯人からの連絡だと思われた。

警察で調べた結果、非通知の電話はレンタル携帯の番号、借りた主は外国人で既に海外に帰国している。

レンタル会社には、紛失届けが出されて保険処理がなされて終わり。通話記録からの犯人の割り出しは無理だった。

桂木常務の非通知は、飲食店関係の電話番号で、盗難のレンタル携帯とは異なっていた。自宅に戻った一平が美優に捜査状況を説明し、携帯の話を始めた。

「犯人は相当頭の良い人ね、携帯電話も外国人が借りている物を使うって、考えたわね」

「でも簡単に盗まれる外人も間抜けだな」一平は他人事のように言って笑う。

「常務さんになると、電話の本数も多いでしょう?」

「それで分析に時間が相当かかって、明日本社に遺品の調査に行く予定だ」

「家族が持ち帰ったのでしょう?」

「個人的な物がロッカーに置いてあって、殆どが名刺らしい。奥さんは廃棄してくれと言ったらしいが、掃除会社の人が事件に関連する物があるかも知れないと気転を利かせて連絡をくれたんだ」

「ロッカーの中ならもしかして、犯人の目が届かない物も入っているかも知れないわね」

「お酒も好きだと聞いていたので結構遊びの方もお盛んだと思うけれどな、金も地位もあるから、夜の街に出掛けることも多かったと思うが、殆ど名刺等もなかったので不思議に思っていたんだ」

翌日清掃会社に行くと、ミカン箱に一杯近い名刺が一平の目の前に差し出された。

「これだけあるのですか?」一平は目を丸くした。

「でも、会社関係の物は全くありませんよ、飲食関係の物が殆どですね」

「とにかく頂いて帰ります」白石刑事が段ボール箱を抱えて持ち帰る。

車に乗り込むと、一平が早速箱から名刺のプラスチックケースをひとつ取り出して、調べ始めた。

「これはすべて外国の名刺だ」驚くが何が書かれているか判らない。

他のケースを探して取り出すと「これは料理屋の? これは旅館? 凄い! 自分が行った場所すべてか?」

そう言って驚くと、白石が「遊びの範囲がこれで判りますが、相当古い物もあるので区別が大変ですよ」

「この中に事件のヒントがあれば助かるが、それにしてもこれだけの店でお金を使ったのだろう? 気が変になる金額だな」

二人は呆れて清掃会社を後にした。

翌日から手分けして、名刺の分析が始まった。

パソコンに名刺の名前や住所を打ち込んで調べ始めるが「この店はありませんね」「この店も

存在しません」と小寺刑事も白石刑事も次々と口走る。

「約四十年間の名刺をよく保管していたな」一平もその量の多さに驚き、海外の名刺を分けると、国内の名刺に的を絞る。

しばらくして「このケースは風俗の女性の名刺ですよ！」白石が驚いて一平に言う。

「これもです、これも」次々と風俗の名刺が出て来て「あのおっさん好き者だったのか？」一平が呆れて言う。

早速店の名前を打ち込むが「この店ないです、これもありません」存在していない店が大半だった。

「飲食店でも存在しない店が多いから、風俗なら尚更だろうな」

一日中調べても半分程度しか調べられない。

四人は疲れ果てて、初日の調査を終えた。


自宅に戻った一平に「何か新しい物見つかった？」興味津々で尋ねる美優。

「古い物だらけで、親父さんの遊び範囲の広さに驚いたよ」

「風俗の名刺が沢山出て来た！　でも殆どの店は存在しなかった」

「何故？　判るの？　美優の恐い所だよな！　見てないのに判る」

「一流の商社マンは遊びも凄いって聞いたわ、それと遊んだ記録は残しているらしいの。後々商売に結び付くことがあるらしいわ」

美優の話を呆れて聞いていた一平は、何処でそのようなことを調べたのか、不思議な顔で見ていた。

六話

「一平ちゃん、その名刺の束、終わったら持って来て、私も調べてみたいわ」

「えー、あの箱を持って帰るの?」

「何かが判るかも知れないでしょう?　過去にも私が見つけて解決した事件が沢山あったでしょう?」

「はい、はい、迷探偵美優様には何度も助けて頂いています」

一方、足立伸子を調べていた佐山にも翌日動きがあった。

携帯の中にあった電話番号の主を調べていると、山中志津という昔の同級生のところに、伸子から「久しぶりに旅行に行こう」と電話があったと言う。

「何処に行くのよ」と尋ねると「九州に行こう。別府から湯布院二泊三日は？」

「結構お金が必要ね」「お金は私が出してあげるわ」

「どうしたの？　お金出して貰えるのは嬉しいけれど、あなたもベットメイキングで細やかな収入でしょう？　悪いわ」「面白い物を拾ったのよ！　持ち主に渡すと大金が貰えるのよ。だから九州くらいおごるわよ！」と言ったと話した。

「何故そのような大事なことを警察に言わなかった？」

「面倒くさいわ、わざわざ聞かれていないのに話しに行く程暇じゃないのよ」志津は佐山が来たから仕方なく喋ったと言った。

この証言で、仕事でラブホに行った時に何かを拾い、お金を貰ったことは間違いないと裏付けられた。

だが相手が桂木常務だとの証言はないので、依然二人の接点は殺し方の一致だけだった。

一平達が行っている桂木常務が持っていた名刺のチェックは三日間で漸く終了、翌日から今も存在する店を中心に聞き込みを始める予定だが、海外と地方の店は取り敢えず対象外にし、静岡県内と東京都区内の店に聞き込みに行くことになった。

夜になって一平が段ボール箱を持ち帰ると、待ちかねたように美優が調べ始める。

「凄い量だわね、これが今も存在する店ね、四分の一以下だわ」

「それだけ過酷なのだろう？　風俗の名刺はもっと少ない」

「この常務、風俗も好きだったのかな？」

「接待で使ったのかも知れないな。昔はそのような接待が横行していたからな」

「でも本人も好き者かも知れないわよ」

「それを明日から聞き込みする」

「そんな手間かけなくても、今も健在の店だけにすれば半分以下になるわよ。だって名刺の人が既にいないのは名刺が古いからで、ならば今回の殺しとは関係がないと思うわ」

「あっ、そうか。店が存在しても、本人がいなければもう名刺が古いってことだな」


翌日一平が出掛けると、美優は名刺を分類し始めた。

地域、業種、現存するかで分類して、机一杯に広げて調べる。

しばらくして「この人女性が好きなのが現れているわね」独り言を呟いた。

海外の名刺もそのような関係が多いのだろうと、少し調べて見ると予想通りで、中国では十五年程前のカラオケの名刺が多く、接待か自分の遊びか判らない程の名刺の束だった。

美優は仕分けをしながら、最近の名刺が極端に少ないことに気が付いた。

これだけ遊んでいるのに、この二、三年、風俗の名刺が全くないと言っても過言ではない。

名刺で女の子の名前を捜すが、該当する女性が殆ど在籍していないことに不思議さを感じた。

一平達は店の存在を確認して、今も存在している店に焦点を絞って聞き込みに行くと話していたが、美優は店の存在よりも在籍の女性に違和感を持った。

考えられることは、最近は使うことがなくなったか、最近の名刺を処分したかだった。

これだけ遊んでいる人が急にやめるだろうか？　疑問が頭の片隅に残った。


翌日一平達が手分けをして聞き込みに行くと、美優の調べた通りで、何処の店でも「随分昔の女性の名刺ですね、数年前に辞めていますよ」「その女性は今いたらもう四十歳を超えていますよ」応対した店員が笑うような店が殆どだった。

「沢山の名刺を分析したが無駄になったようだな」

署に戻った一平達は、疲れが倍増した気分になっていた。

「殺される動機が全く見当たらないな」

「足立伸子が殺されたのは脅迫したからで動機があるけれど、桂木常務が殺された理由が全く判らない」

「本当に足立伸子は桂木常務を脅迫していたのかな？」

「桂木常務が足立伸子を殺害していたのなら、図式は明快なのだけれど、逆で二日前に死んでいるからな」

深夜の県警で語り合う一平達は事件の真実がますます判らなくなっていた。


過去の話に戻って――。

植野晴之の進言で、聡子は柳井工業への就職活動は自粛して、晴之との交際を本気で考えていた。

父治の大腸癌は進行が止まって大きくならず、仕事に復帰。排泄時の不便さが付きまとうが、それ以外は健常者と全く同じ生活ができるようになった。

戻った前田機械の職場も気を使い、治に身体の負担が少ない部署への配属を決め、病院に行く時間も優遇されるようになっていた。

「病気になって、会社の対応が大きく変わって嬉しいよ！　会社の態度が変わったよ」自宅で食事の時に嬉しそうに話す治。

母の昭子も普通の生活に戻り、呑気な孝一も四月から中小企業だが就職が決まって働き始めている。

癌保険の支給で家計も潤い、昭子も平穏な日々で娘聡子が風俗で働いて家計を助けてくれたことなぞ全く知らずに明るく過ごしていた。

当の聡子も四回生になって本格的に就職活動を行い、毎日のように企業説明会、企業訪問を重ねている。

もちろん、その合間には柳井工業の晴之とのデートもあり、明るい日々だった。

七話

そんな時、二人は我慢できなくなり、男女の関係に進んでしまう。

聡子は風俗で半年も働いたその方面のプロ。

一方の晴之は意外と女性経験が少なくぎこちない。でもここで自分の知識を発揮すると危険だと初心を装う聡子。

その結果二人の初体験は、晴之の心を射止めた。

「聡子が就職して暫くしたら、結婚しよう」晴之は三度目のＳＥＸが終わった時に告白した。

　聡子がその気になってしまい、風俗嬢のテクニックを少し披露して大胆なことをした結果、晴之は自分のことを好きなあまり無理をしてくれていると解釈してしまったのだ。

　二人の交際が進む中、聡子は一流企業への就職に成功。

　家族は驚き、恋人晴之は学校も職場も負けたけれど立派だと褒め称えた。

　就職が決まって、元の地味な書店でのバイトをしながら、晴之とデートを楽しむ穏やかな日々が半年以上続いた。

　父の治も仕事が楽になり、家族はみな最高に幸せで平和な日々を感じていた。

　もちろん、聡子の脳裏からも「品川ゴールド」での悪夢は完全に消え、晴之とのデートを楽しむ普通の大学生を満喫していた。

　しかし、翌年の二月になって突然晴之に中国上海支店への転勤が発令された。悩んだ末、一応は主任への栄転なので、渋々受け入れることにする。

　上司には、二年間で本社に戻す、その時は係長の椅子が待っているかも知れないと煽てられた。

「聡子が就職すると同時に、俺は上海だ。年に一、二度しか会えないが我慢してくれるか？」

「出世のためでしょう？　私も二年間くらいは仕事に戸惑うわ。でも晴之が戻って来る頃までには落ち着いていると思う。だから安心して！」

「戻って来て係長になったら、結婚しよう」

「嬉しいわ」

二人は晴之が出発する三月二十日まで、時間が許す限りデートを楽しんだ。


話が戻って――。

佐山達のグループは、足立伸子が友人に「ボイスレコーダーって面白いわね、使い方が色々あるのね」と話していたとの情報を得て、それをもとに捜査会議が開かれた。

その話を聞いた友人は最初、伸子が仕事先でボイスレコーダーをセットして、男女の営みを録音して楽しんでいるのだと思ったが、よくよく話を聞いて違うことが判ったと言う。

客が自分で盗み撮りをして、楽しむか脅迫をしていたのではと伸子は考えたそうだ。

佐山は伸子が拾った物がボイスレコーダーではないか？　それをネタに強請って百万を手に入れたが、二度目の強請で殺害されてしまったと推理した。

「強請った相手が偶然にも桂木常務にも恨みを持っている人物だったのか？」

「青酸性の毒物も偶然昭和三十年代の物が使われた。桂木常務が過去に持っていた物ではないのだよ。偶然が重なったから、混同してしまったのだな」

「この事件は桂木常務ではない全く異なる人物である真犯人を、足立伸子がボイスレコーダーをもとに強請ったのだよ」

「ボイスレコーダーの持ち主は先ず桂木常務を殺害して、強請っていた伸子も殺害した」

「女か?」

「判りませんが、ボイスレコーダーの内容がお金を渡す程の内容だったのでしょう?」

「ボイスレコーダーの持ち主をAとすれば、Aは日頃から桂木常務をつけ狙っていたのでは?」

「ラブホテルに忘れたのは桂木常務で、その同伴者が二人を殺害したとは考えられないか?」

横溝捜査一課長が尋ねた。

拾った物がボイスレコーダーと判明したが、それを見た友人も同僚もいない。

内容が男女の営みだとすれば、殺す程の内容とは何なのだ? それも相手の男性が桂木常務だと考えると尚更不自然なことだった。


一平は自宅に帰ると会議の内容を美優に伝えて、知恵を借りようとしていた。

それ程捜査が行き詰まり、進展がなかったのだ。

「私ね、先日の名刺の件で調べてほしいことがあるのよ」

「あの古い名刺は役に立たなかったよ。くたびれ儲けの典型だよ」

「それでね、あの名刺は掃除会社以外に見た人がいると思うの。その人が名刺の新しい物を別の場所に持って行ったのではないかと思うのよ」

「えー、それで新しい物がなかったのか？　何故？」

「それは支障があるから。犯人かも知れないわ！」

「何！　犯人！　社内に犯人がいるのか？」一平の声が大きくなる。

「美加が起きるでしょう」そう言って口に指を持って行く美優。

「最近行くお店は後任が使うからかも知れないわ。でも犯人の可能性も少なくないわね」

「よし、明日東南物産の本社に乗り込むか！」

そう言った後は、急に事件の解決に目処が付いたと安心したのか、美優の身体を求める一平。

久しぶりにトイプードルのイチの泣き声が変わった夜になった。


翌日、一平と伊藤刑事は東京に向かった。東南物産の本社は東京駅の目の前丸の内で、見上げると首が痛くなる程の高層ビルだ。

受付で、亡くなった桂木常務の名刺のことを伝えると、秘書課が管理しているとのことだった。

「三十五階で秘書課長の山口が伺います」受付に言われて二人はエレベーターに向かった。

「場違いを感じますね」エレベーターに乗り込むと伊藤が小声で言う。

「こんな大きな会社の筆頭常務だ。色々秘密もあるだろう」

少し話していると直ぐに到着し、社内案内の電話から山口課長を呼び出した。

しばらくして、若い女性が応接室に二人を案内した。

「流石ですね、美人が多いですね」伊藤が小声で言うと「お前の奥さんに勝る美人はなかなかいないよ」そう言うと頭を掻く伊藤。

ノックの音が聞こえて「私が秘書課長の山口です」と四十過ぎのスタイルの良い女性が名刺を差し出した。

一平が清掃会社の話をして、新しい名刺があると思うのですが、見せて貰えませんか?と頼むと「どの名刺が亡くなった桂木常務の物か判りません」と簡単に断られ、「接待等で使うお店も多く、どうしても見せろと仰るならしかるべき手続きをお願いします」と毅然とした態度になった。

「それは令状と言う意味ですか?」そう言うと肯きながら微笑んだ。

八話

「それでは他の質問をさせて頂きます」

「桂木常務さんには秘書の方はいらっしゃいましたか？」

「もちろんです。二名の秘書が常務には就いておりました」

「その方は今いらっしゃいますか？　お目にかかりたいのですが？」

「よろしいですよ、呼びましょうか？　確か一人は有給でおりませんが、もう一人はいますので呼びましょう」

内線で呼び出すと、しばらくして「彼が先日まで桂木の秘書をしていました小塚です」と紹介した。

美人の女性を想像していた二人は面食らった顔をして、お辞儀をした。

「小塚敬一です。よろしくお願いします」と名刺を差し出す。

小塚に色々尋ねるが、優等生の答えしか返って来ない。

「ひとつだけ教えて貰えないかな？」

「何でしょう？」

「桂木常務が亡くなる前まで行きつけだったスナックか、居酒屋を一軒だけ教えて下さい。常務の性格というか、夜の行動のヒントになればと思いましてね」

　一平の言葉に手帳を開いて調べると、山口課長に確認して「銀座の居酒屋で、野々村という店にはよく一人で行かれていました」と答えた。

　たぶん支障のない居酒屋なのだろうが、全く判らないよりは手がかりになると思って手帳に書き留めた。しかし、結局これ以上は捜査令状を持って再び訪れなければ、名刺を見ることは先ず不可能だと二人は諦めた。


　自宅に戻った一平が美優に子細を話す。

「ボイスレコーダーには相当大変なことが録音されていた可能性があるわね」

「ラブホテルの会話？」

「馬鹿ね、そんなことではないわ。汚職とか贈収賄関係の会話が入っていたのよ！　でもそれは桂木常務がボイスレコーダーの持ち主だと仮定した話よ」

「そうか！」

「でもかなりの確率で、桂木常務のボイスレコーダーの可能性が出て来たわね」

　美優の頭の中に或る仮説ができ上がりつつあった。しかし、判らないのは桂木常務が殺されたことと繋がらないのだ。

桂木常務のボイスレコーダーを拾った足立伸子が強請ることは判るし、殺される可能性も十分ある。

だが、逆に桂木常務はボイスレコーダーを取り戻すまでは必死になる筈だ。

それが先に殺されるのは辻褄が合わないのだ。

「足立伸子の後ろに誰か変な人物の姿は見えないの？」急に尋ねる美優。

「佐山さんが担当だけど、そのような話は一度も聞かなかったな」

「ここに誰かの存在が見えればその人が犯人なのだけれど、単独行動ならますます判らない」

「明日美優の推理を佐山さんに話してみるよ」

「一人で強請るとは考え難いのだけれどね」

「近日中に野々村に聞き込みに行くよ。たぶん何も判らないと思うけれどね」

「私も一度その銀座の野々村って料理屋さんに連れて行ってよ」

「えー、銀座に行くのか？」

「そうよ、刑事としてではなく客として、経費は県警持ちで」美優はそう言って笑った。

翌日、横溝捜査一課長に報告すると、意外なことに「美優さんが行きたいと言うなら、脈があるかも知れないな！　刑事の聞き込みでは判らないことを探り出すかも知れない！」捜査の行き詰まりに困っていた横溝捜査一課長は美優の銀座行きを許可した。

東南物産秘書課に対する家宅捜査は、基本的に管轄外で警視庁にお伺いをしなければならないので、横溝捜査一課長は断念するしかなかった。

美優が話した足立伸子の後ろに誰かいないのか？については、佐山は今のところそのような人は見当たらないが、美優さんが言うならこれから登場するのかも知れないと言った。


その予想は見事的中していた。

足立伸子が相談した相手は木南信治といい、木南はボイスレコーダーの記録をパソコンに落として持っていた。しかし、強請る本人が殺されてしまい困惑していたのだ。

脅した人も脅された人も殺されてしまって、警察が伸子の近辺を聞き込みに廻るので、警察に持って行こうかと思ったが、お金にならないと思い暫く様子を見ていたのだ。

ただ、誰かを脅すと自分も殺されてしまう危険があるので、迂闊に名乗り出ることはできなかった。

マスコミの報道を見る限り、ボイスレコーダーが警察の手に渡った形跡もない。

では誰が二人を殺したのか？　それは木南には想像もできないことだった。

足立伸子がボイスレコーダーで東南物産の桂木を脅したのは確かだが、彼女が桂木常務を殺す筈はない。

桂木常務を脅して、殺されることは十分考えられるが、逆は考え難い。

木南は自分の持っているデータがお金になることは判っているが、誰に言えばお金が貰えて身の安全を確保できるのか、判らなかった。

誰にも相談できない恐怖が、木南には絶えず付きまとっていた。

食べ物、飲み物にも人一倍神経を使い、危険を感じながら生活をしていた。

伸子が自分のことを少しでも犯人に喋っていたら、自分も命を狙われるからだ。

でもお金も欲しい、そのジレンマもピークに差し掛かっていた。

数日後「世間が驚くような情報があるのだけれど、お宅の新聞社は幾ら出す？」

木南は毎朝新聞に電話をした。

「情報の内容によりまして買い取りますが？　どのような内容ですか？」

「それはお金を貰わないと言えないな、大手の商社と政治家の裏取引だとでも言えばどうだ！」

「それだけでは買い取れません」

「それじゃ、別の新聞社にあたるよ」

木南は自分がお金を貰うのと、届けるためには東京の本社では遠いので、地元の静岡の支社に電話をしたのだ。

同じ電話を今度は東邦日報新聞社にもした。

だが、どちらも同じ返答で買い取りの意志を示さないので、苛々して電話を切った。

静岡に支社を持っているのはこの二社のみで、ほかに大手の新聞社は存在していなかった。

東邦日報の松永支店長は、この話を静岡県警の佐山に連絡した。

九話

「松永さん、大手商社と政治家と言ったのですか?」

「この手の話はガセネタが多いですから、信用はしていませんがね、大手商社が気になったので連絡しました」

「連絡先は聞きましたか?」

「それが、電話を切ってから、大手商社を思い出したので、聞きそびれてしまいました」

「またかかるかも知れませんので、その時は取引をすると話して下さい」

そう言って電話を切った佐山は、今更ながら美優の洞察力と推理に呆れてしまい、直ぐに連絡をした。

美優は「その人危ないですね、新聞社で相手にされなければ本丸に切り込む可能性もありますね」

「東南物産？　政治家？」

「政治家の名前が判れば早いのですが、なかなか判らないなら商社にですよ」

「この事件、変な方向に動き出したな。ラブホテルの盗聴ではなかったようだな」

もしかして、桂木常務が度々静岡に来ているのは、政治家との関係？　美優は電話が終わってから急に思いついた。

桂木常務が静岡に来るのは、静岡に女性がいるからかもしれないが、地位も金もある男がわざわざ会いには来ないだろう。

静岡選出の政治家？　そのために何度か静岡にやって来たのか。

だが桂木常務は女性も好きで、静岡近辺のラブホテルに入った時にボイスレコーダーを忘れたのか？

レンタカーを借りたのは？　重い物の移動？　場所を特定されないため？　複数の場所に行くため？

色々考えながら、静岡選出の政治家のリストをパソコンで捜し始める。

「十五人か？　現役とは限らなければ膨大な人数だわ」思わず口走る美優。

その日からパソコンで桂木常務と関係のありそうな国会議員を捜す日々が続く。しかし、決め手は何もない。

国会議員とは限らないが、地方議員より国会議員が優先だろう？

数日後一平が「銀座に行く日が決まったぞ！　明後日だ」と帰るといきなり言った。

横溝捜査一課長も事件の進展に苛々が増加して、何か糸口を見つけたい気持ちが先だっていた。

新聞社にもその後は全く電話がなく、佐山も次の一手が何処に行くのか？　政治家の名前が判っていたら脅迫か？と考える。だが二人も殺されているので、簡単には脅迫はできないだろうとも思う。

「美優、ボイスレコーダーの持ち主は、桂木常務で間違いないと思うか？」

「たぶん間違いないと思うわ。新型のボイスレコーダーで操作方法を間違えたのだと思う。ラブホで女性と遊んだ時に使って、そのままベッドの隙間に忘れてしまった。それを足立伸子が手に入れて脅迫したたって感じかな？」

「以前政治家との話を録音して、もう消えていると思っていた……」

「たぶん録音された政治家はその事実を知らないと思うけれど、桂木常務が殺されてから多少は恐怖を感じていると思うわ」

「桂木常務はラブホで誰と遊んだと思う？」

「何処のラブホか判らないけれど、警察が調べた中には該当の風俗がないのでしょう？　それならプロではない可能性が高いわ！　ひとり静岡選出の国会議員で独身女性がいるのだけれど、まさか彼女と……」流石の美優も言葉が止まった。

「あっ、柏崎由希子か？　確かまだ三十代半ばだよな」

「ただ、彼女にそれ程の政治的な力があるとは考えられないし、桂木常務と男女の関係になるとは思えないわ、芸能界にいたから人気はあるけれどね」

「でも一度調べてみる価値はありそうだな！」


「美優、その頭は？」

東京に行く前日の夜、帰ると美優は綺麗にセットされたショートボブにしていた。

「だって、久しぶりの東京で、銀座に行くのよ！　お、と、ま、り、だしね！　ほらこの服も似合うでしょう」そう言ってハンガーに吊した新品の洋服をぶら下げて来る。

「えー、服も買ったのか?」

「美加はお母さんが面倒をみて下さるし、羽を伸ばさないと!」美優は上機嫌だ。

「おいおい、事件のために行くのだぞ! 物見遊山ではないぞ!」

「あなたが肩身を狭くしないでいいでしょう?」

「どういう意味だ!」

「美人の奥様を連れて銀座に行けるから、素敵でしょう? きっと羨ましい目で見られるわよ!」その言葉に呆れていると、美優が抱きついてきた。

翌日昼過ぎの新幹線で、美優と一平は東京に向かった。

着飾ると美人の美優を振り返って見る人もいるほどで、一緒に歩く一平も悪い気はしていない。

「野々村には五時過ぎに行くのよね、デパートに買い物に付き合ってよ」

「観光に行くのではないのだよ! これも税金だよ!」

「馬鹿ね、私の給料出てないのよ! 少しくらい自由に使っても罰は当たらないわ」

東京に着くと美優は一平と腕を組んで歩いて楽しんでいる。

ホテルに荷物を置いて、デパートに買い物に行って、夕方新橋駅から徒歩で「野々村」に向かった。

予想よりも大きい大衆向けの居酒屋で、板前が数人対面に陣取り、寿司、刺身、焼き物、煮物の注文を聞く。

「綺麗な奥さんですね！」座ると目の前の四十代の板前が笑顔で二人に話しかけた。

微笑みながら「ありがとうございます」と言うと「また、笑顔がたまらないね！　こんな別嬪さんと毎日一緒にいられる御主人は幸せ者だ！　飲み物は何しましょう？」

煽てられて照れ笑いの一平が「ビール下さい」と言う。

店内は時間が早いので空席が目立ち、話を聞くには絶好の時間だった。

しばらくして美優が「ここによく来ていた東南物産の人、先日殺されましたよね」と切り出した。

「奥さん桂木さんの知り合いなの？　大変だったね」

「この店にはよく来られていましたか？」

「そうだな、東京にいる時の二割は来られていましたよ」

「私達、静岡から来たのですが……」言いかけると「常務さんの知り合いで静岡の方かね」

と勝手な想像で言われてしまった。

十話

ビールを飲み始めて、美優が板前にも勧める。

「常務が静岡によく行くのは奥さんに会うためだったのか?」

「そんなに何度も行かれていたのですか?」

「そうだね、去年から今年は数多く行ったと思うよ。毎回は会わなかっただろうが、奥さんは常務の好みに間違いない!」

「えー、私がですか? そのようなことは一度も聞いたことありませんよ!」

「旦那様がいらっしゃるからでしょうが、独身なら確実に口説かれていますよ」

「えー、何度も会ったのにそのような感じはしませんでしたわ。今回自宅にお邪魔して線香の一本でもと思って主人と参りましたのよ」

「もう時間が少し経過したから、家も落ち着かれていますでしょう」

「何故、私が常務さんの好みなのです?」

「桂木さん、特別美人の女性が好きな訳ではないようで、頭の良い女性が好きだったようですね。その点奥さんは美人で頭も良さそうなので、常務さんの好みだと思ったのですよ」

しばらく飲んでいると、一平が酔っ払ってきたので美優は手短な質問に切り替えた。

「常務さん、女性はお好きだったの？」

「好きって、顔に書いてあるでしょう？　お金もあるのに風俗が好きでね。ここでは時々そのような話をされていました。こんな話をすると常務さんのイメージが変わりました？」と板前が言う。

「常務さんが行きつけのお店、ほかにご存じありませんか？　それと風俗でお気に入りの店は？」

「クラブ夕月かな？　和風のクラブでここにママさんがお迎えに来られていましたよ。風俗の店は少し前には品川、品川何とかという店の子に入れ込んでいましたが、その後は知りませんね」

美優に勧められて、四杯か五杯のビールを飲まされた板前が、自分の知っていることをすべて喋ってしまった。

しばらくすると店内が混んできたので、美優はほろ酔いの一平を連れて店を出た。

「クラブ夕月」に行こうかと思うが、高級クラブなら一見さんお断りだろうし、そんな予算も出ないだろう。

「何も成果はなかったな」一平が言うと「そうでもないわ、成果はそれなりにあったわ。クラブ夕月は刑事さん達に任せましょう」

夜の風は冷たく、もう直ぐ訪れる冬を感じさせる。

黒っぽい服装にしていたのは、お悔やみに行くと見せかけるための服装だったのかと、一平は初めて気がついた。

美優の頭の良さに感心しながら、夜の東京観光に付き合わされる一平だった。


翌日、自宅に戻った美優はノートに今回の東京のまとめを書き始めた。
①東南物産常務桂木、性格は女好き、インテリの女性が特に好き、風俗にもよく行く。
品川の風俗に馴染みの店があり通っていた様子。
②銀座の和風クラブ夕月の常連で、その店に何か新しい発見があるかも知れない。
③静岡には何度も行っていたようで、レンタカー以外の時も多かったと思われる。
④その目的は静岡の政治家に会うこと。相手は判らない。
⑤静岡のラブホテルで、ボイスレコーダーを忘れた。
⑥ベッドメイキングの足立伸子が、それを手に入れて強請った。
⑦強請った相手が、桂木常務なのか、別に誰かいるのか判らない。
⑧桂木常務は青酸性の毒物で殺され、同じ毒物で足立も殺されたが、先に桂木が殺されて

いる。

⑨ボイスレコーダーの内容を知っている人間がもう一人いて、足立の知り合いの可能性。

⑩内容は静岡の政治家と桂木の会話のようだ。

美優は書き終わると再び首を捻り、「何かが変なのよね」と独り言を呟いた。

翌日再び事件が発生、御前崎の海岸で釣り人が男性の死体が浮いているのを発見した。溺死体で所持品もなく身元不明だった。

佐山が「この男の写真を持って、足立伸子の知り合いを聞き込みして来い！」といきなり言った。

唐突な佐山の言葉に戸惑いを感じながら、翌日から刑事達は足立伸子の周辺の聞き込みに向かった。

佐山は、この溺死体の人物が政治家を強請ったと直感で思った。

先日の東邦日報からは何の連絡もなく日にちが経過していたが、男は必ず政治家か東南物産を強請ると考えていた。

殺された場所から判断すると、この男が足立の知り合いなら、確実に政治家を強請ったと思われるからだ。

地元の国会議員と大手商社の秘密の話とは、一体何があるのだろう?

再三静岡に来ているなら、何か材料が存在する筈だと美優は毎日パソコンと睨めっこをしていた。

熱海市出身、猿渡誠、五十五歳、参議院議員、当選三回。そのホームページを開いていた。

「公認ギャンブルと温泉を楽しむ！　推進委員！」のキャッチフレーズが目に飛び込む。

中を見るとカジノの誘致を初島に、と書かれている。

初島とは?

静岡県熱海市初島。面積〇・四三七平方キロメートル、周囲約四キロメートル、最高地点五一メートル。熱海市本土から南東に約一〇キロメートルの位置。人口二二五人。

一九二五年（大正一四年）には国鉄が熱海まで開通し、さらに一九三四年（昭和九年）に丹那トンネルが開通すると熱海は一大観光地となり、初島への遊覧も増加していった。

戦後の一九六四年（昭和三九年）には東海道新幹線の開通とともに初島バケーションランドが開設され、漁業・農業・観光の島となった。

その後、バブル景気のリゾート開発の失敗などがあったが、現在も首都圏から日帰りができる距離にありながら素朴な雰囲気を残した離島として貴重な存在となっている。

美優はこれかもしれないと思い始めて、一平に初島にカジノの話が出ているかどうか尋ねた。一平は、「地元の国会議員が一人で何か運動をしているとは聞いたけれど、地味な感じだな」と答えた。

十一話

話は昔に戻って――。

三月二十日過ぎ、植野晴之は聡子に見送られ、柳井工業の上海支店に向かって飛び立った。

聡子は四月一日、待望の大手企業東南物産の大ホールで、本社採用の同期二百人と入社式に臨んでいた。

配属は何処だろう？　そう思いながら受付にカードを提出すると「堂本聡子さん、本社勤務で秘書課ですので、Aの八番の席にお座り下さい」と受付の女性が言う。

「えっ、本社、秘書課ですか？」声が裏返ってしまう聡子。

花形の大企業の本社で、しかも秘書課、自分でも想像していなかった職場に舞い上がる。

本社採用の女性社員は約五十人、その中で秘書課に配属されたのは自分一人だった。

興奮のうちに入社式が終わると、その日はそのまま帰宅し、翌日から全員が配属された支店、部課へと出勤になる。

その夜、堂本家の食卓は聡子の自慢話一色で賑やかに盛り上がった。

翌日、元気よくにこやかに丸の内の本社ビルに入って行く聡子は、張り切り過ぎるくらい張り切っていた。

秘書課長の籠谷響子が聡子を課内の全員に紹介し、その後会長室、社長室、専務室、常務室へと挨拶をして廻る。

流石に大企業とあって常務以上の役職にはすべて自分の部屋が与えられ、筆頭常務以上にはすべて専属の秘書が付く。

「次の部屋が筆頭の桂木常務の部屋ですよ。この会社では専務より権限があると言われていま す。この桂木常務はあなたが秘書としてお付きする方です」

「はい、判りました」緊張する聡子。

課長がドアをノックすると「はい、どうぞ」と声が聞こえる。何処か聞き覚えが残る声に、何処で聞いたのだろう?と考えている間に扉が開き、二人はお辞儀をした。

「桂木常務、明日から専属になります新人の堂本聡子を連れて参りました」

窓の外を見ている桂木。顔を上げる二人。

「籠谷課長、堂本君に少し話があるので、先に帰って良いぞ」

そう言われた課長がお辞儀をして立ち去ろうとした時、桂木常務が振り向いて「ご苦労さん」と言った。

「失礼します」との課長の声を後ろに聞きながら「あっ、か……」と驚き顔で口走る聡子。

籠谷課長がその様子に気付かず部屋を出て行くと、聡子はびっくりしながら尋ねた。

「加山さんですよね！」

「そうだ。加山は芸名だな。このような場所で会うとは思わなかったな！」微笑みながら言う。

「いつからご存じだったのですか？」

「最終選考の履歴書を見た時に気が付いた。これから仲良くしよう！　加山のことは忘れて今後は常務と秘書で付き合ってほしい」

「それはどういう意味でしょうか？」

「君が風俗に勤めていたことは内緒にしてやるから、これからは大人の付き合いをしようという意味だ」

「えー、そのようなことはできません。そのようなことをするのなら暴露して会社を辞めます」

恐い顔になる聡子。

「このような大企業の本社秘書課に就職できたのに、つまらないことを話して恥をかいて辞めるのかね」

「それも覚悟です！　私が口外すれば加山、いえ桂木常務もお困りになられますよ。それでも良いのですか？」

「ははは、私の風俗好きは誰でも知っているから、言うなら言えば良いことだ。銀座の行きつけの居酒屋でも有名だぞ！」笑いながら言う。

そう言われると何も言えなくなる聡子に「お父さんの病状はどうだ？」と不意に尋ねる。

遠い記憶を呼び戻す聡子は、加山が父の職場を知っていたことを思い出した。

「思い出したようだな、身体に負担がない部署に代わっただろう？」

そう言われて顔色が変わった聡子に「この会社は日本中、いや世界中に取引先があるのだ。君の気持ちひとつで、お父さんの状況も変わるし、家族にも風俗で働いていたことが知られてしまうぞ！　それでも良いのか？」

「…………」放心状態の聡子。

「まあ、急なことで驚いただろうが、昔は客と風俗嬢で時間の制限もあったが、これからそれはなくなった、楽しく仕事をしたいだろう？　また後日返事をくれれば良い」と微笑む。

「…………」再び言葉を失う聡子。

「何を深刻に考えているのだ！　私は君の身体の隅々まで知っているのだぞ。本番行為はしていないがな。これからは真の付き合いをしようということだ。よく考えて後日返事をくれ。変なことを考えるとすべてを失うことになるぞ！」そう言うと再び笑い始めた。

項垂れて部屋を出て行く聡子は正に天国から地獄の心境になっていた。


自宅に帰ると父の治が上機嫌で「お帰り、仕事はどうだった？　丸の内の本社の居心地は？」と尋ねた。

母の昭子が「お父さん機嫌が良いでしょう？　今日ね、係長に昇進したのよ！　大病になって雇って貰えるだけでも有り難いのに、楽な職場に配属されて、今度は係長に昇進するなんて夢のようだわ」そう言って身体一杯に喜びを表す。

「えー、係長になったの？」驚いたが、脳裏に桂木常務の顔が浮かんで、私に対する脅迫？との思いがよぎり、急いで自分の部屋に駆け込んだ。

「どうしたのだろう？　会社で何かあったのかな？」治が聡子の態度に心配をする。

「初めての職場で、緊張していたのでしょう」

二人は二階に走って行った娘を楽観的な目で見ていた。

聡子はその夜一睡もできずに、会社のこと、家族のこと、恋人の晴之のことを次々考えていた。

晴之に相談できる内容ではないので、一人で悩むしかない。

翌日、聡子は目が腫れぼったい状態で、食事もせずに会社に向かった。

着くなり突然、籠谷課長に「何ですか？　いきなり夜遊びですか？　鏡を見てきなさい！」と叱られ、洗面所に走って行くと、そこには暗い顔で化粧も殆どしていない寝起きの熊のような姿が映っていた。

戻ると籠谷課長が「彼が桂木常務の秘書の小塚敬一君よ」と聡子に紹介した。

お辞儀をしながら、昨日の一件はなしになったのだとほっとしていると「場所によっては、男性より女性のほうが良い場合があるので、堂本さんは小塚君のサブで、本日から桂木常務の秘書として頑張って下さい」そう言われ、脆くも崩れた考えに暗雲を感じた。

十二話

早速お茶を入れて来なさいと籠谷課長に命じられて、桂木常務の部屋にある小さな炊事場に入る。

常務の部屋には控えの部屋があり、二人の秘書のうちどちらか一人がその席に交代で座ることになっている。

「おはようございます」お茶を持って桂木常務に運ぶと「おはよう！　お父さん喜んでいただろう？」といきなり言う。

「えっ、係長も常務の？」驚き顔で尋ねると今度は「お兄さんは孝一君だったかな？」と尋ねた。

「やめて下さい！　家族に干渉するのは！」怒り始める聡子。

「店で会った時は優しく笑顔一杯だったのに、そんなに怒らなくても良いだろう？　お母さんはドラッグストアに……」

「もうやめて下さい！」怒鳴るように言い、聡子は常務室を飛び出した。

各部屋の出入りを監視のモニターで見ている籠谷課長は、直ぐに小塚を常務室に行かせた。

聡子は自分の裸を見られているより恥ずかしい思いをしていた。

苦労して就職した大企業は、自分の過去の僅かな暗闇を覗いた人物がいる場所で、今自分と家族の命運はすべて桂木という老獪な男に握られている。

どうすれば良いのだろう？　会社を辞めると同時に父は失業、母も兄もどのようになるか判らない。

もちろん自分が風俗で働いていた事実が、家族にも会社にも知れ渡るのだろう……。

「彼氏と別れた時に例の件を承諾して貰えるなら、ここは引こう」

〈聡子さんが約束を守れば、絶対に私も守ります！　聡子さんが幸せならそれが一番だから、安心して下さい！　彼氏と仲良く幸せに！〉

聡子の脳裏に、加山が昔電話とメールで告げた言葉が甦った。

〈彼氏がいるのなら、自分は手出ししないから〉

そうだ！　これを言えば諦めて貰える。

そう考えながら秘書室の席に戻ると「今夜、常務が銀座の料理屋さんで人と会われますので同行するように。相手の方は国会議員さんですから、十分気を付けるようにして下さい」と指示された。

夕方になって助手席に乗り込もうとする聡子に、桂木常務は「ここに乗りなさい、用事がある」と指示をする。

運転手はちらっとミラーを見たが、直ぐに車を発進させた。

「自宅に遅くなると連絡をしたのか？」

「いいえ、していません」と答えると「今から会食だ、相手は国会議員さんで、女性だから君に同席を頼んだのだ」そう言われて聡子は安心した。

運転手に聞かれるから昼間考えたことは話せない。聡子は携帯のメールで自宅に遅くなると送った。

それを見ている桂木常務は嬉しそうな表情になっていた。

しばらくして、銀座の料亭前に到着すると桂木常務は車を帰らせて「帰りはタクシーで帰るから、今夜の迎えはよい」と言った。

その料亭に入るかと思いきや、歩き始める桂木常務。

「常務、料亭に？」と尋ねる聡子に「あのビルの中の料理屋だ」そう言って十五階建てのビルを指さした。

「極秘で会うので、運転手にも内緒なのだよ。君が会うと驚くぞ！」

そう言いながらビルの横にあるエレベーターに乗り込む。

「考えてくれたか？」二人になると昨日の話を早速始めた。

「常務さんは彼氏がいたら諦めるとメールをくれました。実はお付き合いをしている男性がいますので、今は難しいと思っています」そう答えた時、扉が開いて着物を着た仲居が数人で二人を出迎えた。

「加山だが、予約の部屋に通してくれ」

お忍びの時はいつも加山という名前を使うのか？　そう思いながら付いて行く。

「柳井工業な、懇意の会社だ」前を歩きながら呟くように言う。

あとを付いて歩く聡子の足が急に止まって凍り付いた。

この男は私のすべてを知っているのか？　もう逃げられない！　怖さが身体全体を襲い動けない。

「お客様、どうかされましたか？」仲居の声に我に返る。

「は、はい」

部屋に入ると「連れが来てから料理を頼む」そういって扉を閉めて、仲居を追い出した。

「植野君だったな、彼に君の過去が知られるかもだな！　中国から帰れないことも十分考えられるぞ！　どうする？」

「どのようにすれば……」放心状態の聡子が尋ねる。

「仲良くすればすべて悪いようにはしない、彼が戻って来るまでの間、私の愛人兼秘書として働けば両親も家族も安泰だ」そう言いながら聡子の肩を抱く。

「お客様が来られます」と逃げ腰になる聡子。

「私は君が承諾したと信じているよ。頭の良い子だから何が得か判っているだろう？」

言いながら聡子の身体を抱き寄せる桂木。もう聡子には拒絶をする気力がなくなっていた。

「そうだ、良い子だ！　頭が良い」さらに唇を求めて来る。それは風俗嬢の時と同じだった。

「お客様がお見えになりました」の声に急に離れる二人。

桂木常務が唇を手で拭き取り、仲居を迎え入れた。

「お待たせしました」濃いサングラスに垢抜けした服装の女性が仲居の後ろに居て、挨拶をした。

秘書に気づく女性に「大丈夫です！　この子は私の信頼する秘書です」と女に紹介する。

お辞儀をする聡子に「よろしくね」笑顔になる女。

何処かで見覚えがあると思いながら、にこやかにお辞儀をする聡子。

「料理を運んでくれ、飲み物はビールで頼む」そう告げると仲居は心得たように、部屋を出て行った。

女がサングラスを外して「桂木常務さん、お招きありがとうございます」と改めて言う。

「あっ」その顔に聡子は驚きを隠せない。

女優から国会議員になった柏崎由希子その人だった。

「柏崎さんですね」思わず口に出してしまった聡子に「そうだよ、今は参議院議員で静岡選出の人民党若手のホープだよ」

「常務さんお口が上手ですわ」微笑む由希子。

三人が座敷机を挟んで座った時、仲居がビールを運んできた。

十三話

しばらくして柏崎由希子の本題、静岡国家的プロジェクトを行なうために力を貸してほしいという話になったが、敢えて具体的な内容には言及しないまま食事が進み、芸能界の話や国会での出来事に終始した。

桂木常務は柏崎の仕事の詳細は既に知っているので、敢えて聡子に聞かせることをしなかったのだ。

そのプロジェクト事業を東南物産が総元請けになって、関係先に振り分けることになるようだ。

一手に引き受けるという確約のために設けられたのが今夜の招待の様相だった。

二時間の会食の後、お酒が入った桂木常務は柏崎を見送ると時計を見て「少し行くか?」とタクシーの手配を仲居に頼んだ。

「私はそろそろ……」

「付き合えないのか?」恐い顔になる桂木常務。

そこにタクシーが到着したという連絡が入り、料亭を降りるエレベーターに乗り込む。しかし、同乗者がいるので桂木の態度は紳士的だった。

タクシーに乗り込むと早速ラブホの名前を言って、車が走り出す。しかし、聡子はその名前がラブホだとは知らない。

「運転手さん、中まで頼むよ」そう言って万札を小さく畳んで渡す。

上機嫌の運転手は少し酔っている女性を無理矢理連れ込んで、強姦するのだと解釈した。

聡子はこの後、常務とどのように接すれば良いのだろうか？　明日からのことも頭をよぎる。

「何処でも良いので最寄りの駅で降ろして下さい！　今夜はもう遅いですから」そう言ってみたがタクシーは地下道のような場所に入って止まった。

「降りて」と急かす桂木常務。タクシーを降りて直ぐにここがラブホだと気が付いたが、桂木が降りるとドアは閉じられ、走り去ってしまった。

「ここまで来て、子供じゃあないのだから、入るぞ！」隣の扉に向かうが、聡子の手首を持って離さない。

「今夜は嫌～」そう叫ぶが「彼氏が中国から帰れなくなるぞ！」と言われて急に項垂れる。

そのまま室内に入り、あとは桂木の思うまま衣服を脱がされて、二人は初めて関係を持ってしまった。

「風俗の時と違って、色っぽく大人の感じになったな。初めてだったがなかなか良い道具を持っているな。昔に無理矢理でも使うべきだったな！」そう言って満足げに笑いながら、タクシーで横須賀まで帰れとチケットを渡した。
聡子は虚しい思いをしながら自宅に戻り、シャワーを浴びて桂木の臭いを消し去ろうとした。

数日後、夕食の時「驚くよ！　あの孝一が入社僅かで、主任に昇格したらしい」父の治が半分驚き、半分嬉しそうに語った。
あの脳天気の兄が出世するなど考えられない出来事だった。聡子は再び、桂木常務の計らいを察した。

その後、月に一度程度の割合で身体を求められる聡子、桂木が言うにはなかなかの持ち物だと気に入っている様子だ。
夏頃から月に一度は必ず静岡に同行するようになり、一流の旅館に宿泊の時もあればラブホテルの場合もあった。

年末になって、漸く恋人の植野晴之が中国から一時帰国した。

何故か盆には帰って来なかった晴之を待ち焦がれていた聡子は、もう寂しくて我慢ができない状況になっていた。

晴之が帰って来ればあの桂木常務と別れることができる。

「何故、夏には帰れなかったの？　待っていたのよ」

「それが支店長に急な仕事を頼まれて、北京に飛んでいたのだよ。中国は広いから仕方がなかった。ごめんな！」

そのまま二人はラブホテルに向かって、久々の時間を過ごした。

桂木常務とは風俗嬢のようなベッドだが、晴之とは本当に心の底から燃える聡子。

だが晴之の日本滞在は僅かで、一月の四日には日本を発って上海に向かってしまった。

あと一年と少しで戻って来るので、結婚できるのを指折り数える日々が続く。

相変わらず、月に一度程度は桂木常務に身体を求められる日々も……。

二月の下旬になって、聡子は身体に変調を感じ始めた。

生理が来ないことを不思議に思っていたが、桂木常務とは必ずゴムをすることを忘れないから、年末、晴之とのＳＥＸで妊娠したのでは？と思い始める。

市販の検査薬で調べると間違いなく妊娠を示した。

半分は嬉しく、半分は困ったと感じる聡子。思い切って桂木常務に話して、別れてほしいとお願いすることにした。

数日後、頃合いを見て「実は子供ができたようなのです」と切り出すと「えー、私の子供ができたのか？」と驚く。

「違います、彼氏が正月に戻った時に宿ったと思います」

その言葉が桂木の嫉妬心を呼び起こしてしまった。

「それで彼氏は知っているのか？」

「いいえ、まだ病院に行ってないので、話してはいません」

「どうする気だ！」語尾が荒くなる。

「私は産みたいと思っています。来年彼が帰って来ると三人で生活できますから、喜ぶと思います」

「だが本当に彼の子供だと何故判るのだ！　私の子供かも知れないだろう？」

「たぶんそれはないと思います」

「そうか、しかし妊娠検査薬だけでは判らない部分もあるな。一度病院で診察を受けなければ母子手帳も貰えないからな」

「常務さん、産んでも良いのですね」嬉しそうな顔をする聡子。

だが、桂木常務は全く異なることを考えていた。

自宅に帰って家族に、来年彼が帰って来たら直ぐに結婚しても良いでしょう?と話す。

「植野君はどのように言っているの?」

「来年帰って来たら結婚したいと言っているわよ。家族も賛成だから、直ぐに子供を。産休を取って三十歳までに二人は産みたいわ」

「もう子供でもできたように言うな」治が聡子の喜びように笑顔で話した。

「大きな会社は福利厚生がしっかりしているから、安心だわね」

「産休と育休で二年近く休めるわ、その間に二人目が宿れば働かなくても直ぐに三十歳になるわ」

「そのような贅沢を考えたら罰が当たるわよ! 世の中そのような有給を取れない企業が多いのよ」昭子は子供を戒めるが、既に妊娠している聡子には馬耳東風のようだった。

十四話

話は戻って――。

御前崎の水死体の身元を調べるために、足立伸子の周辺の聞き込みを続けた結果、伊藤刑事が、一度伸子さんと一緒にカラオケ喫茶に来ていた男に似ているが、もう少し痩せていたとの証言を得てきた。

「確かに水死体で顔が少し肥えて見えるから、可能性があるな、カラオケ喫茶を徹底的に聞き込んで、身元を早く掴め」佐山刑事が檄を飛ばす。

美優は、今回の殺人は最初の二人とは犯人が明らかに異なると思っていた。犯人が同じなら似た手口で殺害するが、青酸性の毒物を使っていない点や、少し手荒い殺し方であるため、暴力団やそれに準ずる人達の犯行だと考えていた。

捜査の状況から考えて、足立伸子の知り合いがボイスレコーダーのコピーで誰かを強請ったと考えられるが、元々の持ち主は桂木常務なのか、との疑問も湧いたままだ。

桂木常務が持っていたボイスレコーダーには何が録音されていたのか、そして誰を強請るのか。もしくは桂木常務がボイスレコーダーで誰かを強請って殺された？　それとも足立伸子が共有していた？　しかし、それは明らかに変な話だ。

足立伸子が桂木常務を強請ることは考えられるが、逆は絶対にないからだ。

翌日静岡市内のカラオケ店で、足立伸子の行く店に水死体の男と似た男が来ていた事実を掴んだ。

だが、カラオケ店の店長によると回数は二、三回で、名前までは知らないという。

佐山は次に、このカラオケ店の常連客の聞き込みを始める指示を出す。

翌日、この男はしんちゃんと呼ばれ、定職は持たずにパチンコ店に出入りしていることが多いとの証言を聞き込んだ。

市内のパチンコ店の聞き込みを始めて、漸くしんちゃんの正体が見え出し、最近大金が入ると知り合いに話していた事実を掴む。

一週間が経過し、しんちゃんが木南信治だと判明。刑事達が小さなマンションへ家宅捜査に向かった。

しかし、既にワンルームマンションは荒らされて、ゴミの山状態になっていた。

「これは複数の人間が何かを探しに来た証拠ですね」

「目的のボイスレコーダーのコピーが見つかったのか？」

現場を隈なく捜す一平達。佐山が机の上の広告チラシを見つけて「これは何だろう？」と口走る。

「新聞の折り込みチラシでしょう？」

「だがな、この木南が新聞を取っている男に見えるか？」

「でも佐山さん、どう見ても新聞に入ってくるチラシにしか見えませんがね」

「初島リゾートのチラシだな」

「待って下さい、少し前に美優が僕に初島のことを尋ねましたが、それと関係があるのでしょうか？」

「えっ、美優さんが一平に初島のことを尋ねたのか？」

「はい、初島にカジノの話があるのか？と尋ねられましたが、地元の国会議員が一人で細々と運動をしていると答えました」

「カジノ？」

「はい、確かにカジノって聞きましたよ」

「その国会議員って誰なのだ？」

「誰だったかな？　猿が何とかって言ったような気がします」

「ああ、猿渡議員か？」

「それです、猿渡議員です。間違いありません」

「カジノ？　木南がチラシを持っている？　美優さんがカジノのことを調べている？　これは繋がりがあるのか？」

「でも初島って小さな島で、ホテルとリゾート施設があるだけですよ。カジノを作って沢山の客が遊べる島ではないと思いますが?」

「よし、明日その猿渡とかいう議員に会ってみよう」

佐山は木南が持っていたチラシ、そして美優がカジノのことを調べていたのが気になっていた。

結局捜索の結果、ボイスレコーダーの録音コピーがあるような様子もなく、近所の聞き込みでは数日前に人相の悪い男がこの辺りにいた事実だけが判った。


一平は自宅に戻ると、初島のチラシがあったこと、明日猿渡国会議員に面会することを話した。

美優は「今回の事件、その線が強くなって来たようだわ。でもまだ私の中では繋がらないのよ!　何かが変なのよ」

「何が変なのだ?」

「例えば、カジノを初島に作るために、その猿渡が動いたとして、その開発に東南物産が絡んでいても、肝心の常務が殺される原因にはならないと思うのよ」

「なるほど、美優は殺される必要のない桂木常務の死が謎で、繋がらない訳か?」

「だって、もしも猿渡がこの事業をしても、賄賂を出すのは桂木常務でしょう？　肝心の金づるを殺してしまったら何も入らないでしょう？」

「そうだね」

「猿渡さんは奥さんと子供が二人で、熱海に住んでいるでしょう？　人民党ではそれ程目立つ存在ではないのよ！　だから力が大きいとは思えないわ」

「そうか、もっと大物が必要ってことか」

「猿渡さんも事件に絡んでいることは確かだと思うけれど、何かが違うのよね」
①足立伸子を殺した人物として当てはまるのは、桂木常務が一番で、二番目が国会議員。
②桂木常務を殺す人物はいないが、敢えて言えば国会議員。
③木南信治を殺したのは国会議員。
「それなら、国会議員がすべての犯行を企んだのだな」

「でも殺害方法が異なるので、違うと思うわ」

「それではまだ我々の知らない犯人が何処かにいるってことだな」

「そうだと思うわ、桂木常務の周辺に怪しい人物は見当たらないの？」

「多すぎて絞れないというか、全くいないと答えた方が良いのか？」

曖昧な答えに考え込む美優。翌日行われる佐山達の猿渡議員への聞き込みが新たな真実を示すことを期待している二人だった。

十五話

佐山と一平は午前九時過ぎに猿渡議員の自宅を訪れた。

「朝早くから静岡県警の方がお揃いで、といってもお二人ですが、私に何か御用でしょうか？」

笑顔で応対する猿渡議員。

「実は先生が日頃から訴えていらっしゃる初島開発について、お聞きしたいと思ってやって参りました」

「初島開発は私のキャッチフレーズのようなものだが、それが何か？」

「〝公認ギャンブルと温泉を楽しむ！　推進委員！〟と、初島開発を唱えられていますよね。実は先日御前崎で水死体となって発見された木南の自宅に、初島リゾートの折り込みチラシがあったのです。それで先生が何かご存じではないのかと思いましてお尋ねに参りました」

「刑事さん、誤解されていませんか？　それは今あるリゾートのチラシでしょう？　私が推進しているのは、今政府で進めているギャンブル特区に初島をと言う、全く異なる構想です。過去にもリゾートとしては失敗をしていますから、今後の熱海観光発展を目的としたカジノの設置とは真逆のことで聞かれても答えられません」語気を強めて持論を展開した。

「そうですか？　それでは質問を変えさせて頂きますが、その先生の構想を大手商社にお話されましたか？」

顔色が変わった。

「大規模な開発にはすべてのことに精通している商社の存在は重要でしょう？　だからといって特定の商社マンとは接触はしていませんよ！」

「最大手の東南物産の方はご存じありませんか？」

「それって、先日殺害された桂木常務のことを指しておられるのですよね？」

「そう考えて頂いても構いません」

「はい、確かに桂木さんとは面識がありますよ。でも私には全く関係ありませんよ！　桂木さんが亡くなられた時私はヨーロッパを移動していましたよ。お調べ頂けば判るはずですよ」

「では桂木常務さんとはどのようなご関係でしょう？」

「あの方は顔が広いですからね、知り合いの紹介で一度か二度お会いした程度ですよ」

「差し支えなければお知り合いを教えて頂けませんか？」

「柏崎議員ですよ！　彼女は桂木常務とは知り合いだそうですよ」

二人はそれだけ聞くと、猿渡議員の自宅を後にした。

「ちらほらと名前が出て来ましたね」車に乗ると一平が話した。

「念のため、柏崎と猿渡の殺害前後のアリバイを調べてくれ」佐山は二人のどちらかが、桂木常務を殺害した可能性もないとは言えないと思った。

「桂木が二人のどちらかとの会話を録音していて、何かを要求した可能性もあるな！」

「なるほどそれで殺害された！　それなら考えられますね。でも足立は？」

「うーん」考え込む佐山。車は県警に向かわず初島に向かう。何か噂でもないのかと思い、現地に行こうと考えた。

静岡県熱海市は、二〇〇二年に「熱海・カジノ誘致協議会」を設立しており、早い時期からカジノ誘致へ向けて動いている自治体だ。

カジノ誘致の目的は、観光地としての魅力を高め、観光振興と地域経済の活性化を目指しているが、その後は東京や千葉などのような具体的で大きな動きは見られない。

そのため水面下で動きがあっても不思議ではないが、猿渡と柏崎程度の力ではなかなか実現は難しいと思われる。

二人は船に乗って初島に渡った。

「初めて来ましたが、逆から本土を見ると違いますね」一平が嬉しそうだ。

「島の半分がリゾート施設だな」

「学校もありますし、人口は二百人程度ですよ」

「民宿が多いから、適当に聞いてみるか?」

二人は数軒の民宿に聞き込みに入ったが、「猿渡先生が以前からこの島を中心にカジノ誘致を言われている程度で何もないですよ、具体的なことは」と言うだけで目新しい話はなかった。

「この鳴海屋さんをラストにして帰りましょうか? 十六時四十分発ですからね」

そう言って鳴海屋に入る二人。

初老の女が「警察の方がこの島にお見えになるのは珍しいな! それも県警の係長さんと主任さんだ」

「はい、お尋ねしたいことがありましてね。国会議員の猿渡先生がこの島を中心にしたリゾートカジノ誘致構想を出されているのですが、最近何か変わったことは聞かれていませんか?」

そう言うと女は名刺を何度も見て「あんたが、野平一平っていう刑事さんだよね」と一平の顔をまじまじと見る。

「奥さんに言われてお越しになったのでしょう? 隠さなくても良い! そうだろうな。ここまで探し当てるとは大した奥さんだ!」感心したように言った。

「何を言っているのかよく判らないのですが? 高速艇の時間が……」意味不明の話に時計を

見ながら呟く。

「これでも週刊誌とか、新聞はよく読むので知っているのよ！　隠さなくても良いわよ。名探偵、野平美優の御主人、間抜けの一平さんでしょう?」そう言って笑う。

「えーーー」と驚く一平の横で大きな声で笑う佐山。

「奥さんに言われて来たって、どういう意味ですか?」佐山が笑い終わって真面目な顔で尋ねた。

「美優奥さんが突き止めたのではなかったの?」

「何をですか?」

「殺された商社のお偉いさんが、ここに泊まったのを調べに来たと思ったのよ」

「えーー、桂木常務がお宅に泊まった?　いつのことですか?」

「確か夏だったと思うわ、帳面見れば判るけれど、取って来ましょうか?」

「是非!」佐山が言うと一平が腕時計を見て「行っちゃった」と呟いた。

しばらくして「あったあった、七月の始めだわ」と持ってくる。

「一人ですか?」

「今は寒くなったから客は少ないけれど、七月、八月は多いからね、二人だったよ!　そこのリゾートを予約していたようだけれど、手違いで予約が入っていなかったので、飛び込んで来たのよ。名前は違ったけれど写真がテレビに出て直ぐに判ったのよ」

「連れは女性？」

「若い女性だったわ。知的な感じの女の人だったけれど、関係は長いと思ったね」

「その女性の名前は？」

「常務さんは加山と名乗っていたけれど……」そう言いながら帳面を見て「娘って書いてありますね、かつみって書いてありますよ。でも絶対に娘ではないと思います！　愛人よ！」と言い切った。

十六話

最終の高速艇で二人は「新発見だったな！　桂木常務が愛人と偽名で泊まっていたとは」

「すると先程聞いたかつみって女性を捜せば何か判るかも知れませんね」

「どのように捜す？　桂木常務が風俗の女性が好きだったことは聞いたが、このような場所まで風俗の子を連れて来るとは考えられない、若い愛人だろう」

「この前妻と行った時に聞いたことを調べる必要がありそうですね」

二人は鳴海屋の柴田貴枝の証言で、意外な収獲を得て帰った。

話は戻って——。

桂木常務は籠谷秘書課長を呼んで聡子の妊娠の事実を告げ、自分の子供の可能性があるので始末するように頼み込む。

「上手く始末してくれたとして、その後君もここで彼女と顔を合わせるのは辛いだろう？　大阪本社の総務次長の席を準備するから、そちらに転勤してほしい」

「えっ、総務部の次長の席が頂けるのですか？」

「君の能力は男性社員以上だ。五十代になったら確実に部長職だ」と煽てる桂木常務。

「始末したら堂本は配属を変えるのですね」

「いや、そのまま私の秘書に置く予定だ！　彼氏がいてまた子供ができると産休だと言い始めるので、医者に頼んで妊娠できないようにして貰えないか？」

平然と恐いことを言い始める桂木常務。しかし、籠谷課長は動揺もしていない。

「常務がお好きなことは知っていますが、そこまでするにはお金が少し多くかかりますが」

「多少の出費は構わん、あの子は気に入っているのだ」

「確かに仕事は良くできる、頭も良い子」

続けて「道具も良いのでしょう?」そう言って笑う籠谷課長。

過去にも何人か秘書の妊娠を始末したことがあるような口ぶりだった。

その日の夕方籠谷課長に呼ばれて、留守になった桂木常務の部屋に行く二人。

「常務に聞いたのだけれど、彼氏の子供ができたようね。常務が堂本さんを心配されて、病院に連れて行って確実に妊娠しているなら、早めの産休も準備してあげなさいとおっしゃるのよ。堂本さんの心当たりの病院はあるの?」

「いいえ、私が休みの時は近所の病院も休みですし、まだ結婚していないので誰かに見られたら困りますし、ただ近いうちに何処かに行って診て貰わなければと考えています」

「そうなのそれなら良かったわ。私もこのような仕事していると課員に相談されることもあるので、知っている病院があるのよ。そこに連れて行ってあげるわ」

「課長すみません、気を使って頂いて申し訳ありません」

「妊娠しても発育が悪いとか、子宮外妊娠もあるから病院で確実に診て貰わないと安心できないでしょう。彼氏には話したの?」

「いいえ、まだ話していません、病院で確実だと判ってから話そうと思っています」

「それが良いわ、じゃあ近日中に病院に聞いてみるわ」

「よろしくお願いします」深々とお辞儀して、課長さんの仕事って大変だわ、社員の健康管理まで気を使うのねと聡子は思った。

話が終わり、籠谷課長が直ぐに桂木常務に電話で報告をすると「上手く話せたようだな」と喜びの声が返ってきた。

新宿の雑居ビルの中にある婦人科のみの病院、ヤマトレディースクリニックが籠谷課長の利用する病院だ。

過去にも何人かをこの病院で手術させたので慣れているのだが、今回は別の手術もするので相談にやって来た。

「私の病院では無理ですね、入院施設がないのでほかを捜して下さい」

「先生のお知り合いで、秘密を守って頂いて手術をして頂ける病院はございませんか?」

「そうですね、少しお金が必要ですが、大丈夫ですか?」

お金を要求する院長は、池袋の釜江産婦人科を紹介し、籠谷課長が翌日釜江産婦人科を訪問すると、既に内容を聞いているのか快諾だった。

卵管結紮術とは、卵巣から排卵された卵子を子宮に届けるための通り道「卵管」を縛る、あるいは切断する避妊手術の一種だ。

　これによって卵子は子宮までたどり着くことがなく、精子と出会うこともないのでほぼ一〇〇％の確率で避妊ができる。

　卵子が子宮に送られるのを防ぐだけなので、手術後も排卵は続き、生理もこれまで通りに起こる。ただし、排卵された卵子は行き場がなくなるので卵管の途中で体内に吸収される。

「この手術をするともう子供はできませんがよろしいのですか？」

「はい、今回も本妻に知られると大変なことになりますし、今後も愛人として妊娠すると混乱が起こるので、御主人はそのようにしてほしいと言われています。本人は財産目当てで今回のように妊娠してしまうのです」

「悪い女ですね！　今回は子供が全く育っていないと言って、堕胎手術を行って卵管結紮手術も行ないましょう。もう安心ですよ」そう言って微笑む。

　数日後、聡子は籠谷課長に連れられて釜江産婦人科へ向かった。

　診察の途中で「初めての妊娠ですか？」釜江医師に尋ねられ、カーテンの向こうで小さな声で「はい」と答える。

「そうでしょうね、妊娠はしたようですが残念ながら成長していませんね」

「えっ、成長していないとは？」

「このまま成長しても未熟児で、障害が残る可能性があります、残念ですが諦めることをお勧めします」

天国から地獄に叩き落とされた心境――。

「今から準備をして明日手術を行い、一日入院して、術後の状態が良ければ直ぐに退院できます。どうされますか?」

「未熟児では可哀想ですね、仕方がないです。お願いします」やっとのことで答えた。

涙が一筋流れて、落胆の表情に変わった聡子の身体に堕胎手術の準備が施され、明日は食事をせずに、入院の準備をして来院するように指示された。

籠谷課長に話すと「明日は休んで月曜日に会社に来れば良いから、ゆっくり休養しなさい。明日は有給の手続きをしておきます」

「はい、よろしくお願いします」項垂れながら会釈をした。

病院を出て別れると、籠谷課長は直ぐに桂木常務に連絡をして「明日、すべてが終わります」と報告した。

「ご苦労だった」労いの声が返る。

「明日も付いて行きましょうか?」

「医者の様子は大丈夫か? それが心配だから、確認をしてくれ」桂木は確認を忘れない。

十七話

「課長！　わざわざ来て下さったのですか？　申し訳ありません」

「これを使いなさいと桂木常務に預かってきたのよ、常務もあなたの身体のことを心配されてお見舞いを下さったのよ」

封筒を手渡すと「そんなに気を使って頂いて申し訳ありません」涙が出て来る聡子。

待合室でその姿を看護師が不思議そうに見ていた。

しばらくして手術室に消えると、籠谷課長は「今手術室に入りました、大丈夫です。ご安心を！」桂木常務に連絡して点数を稼ぐ。

手術室では手術着に着替えて、手術台に上がるように看護師に言われ、元気なく手術台に横たわる聡子。

「全身麻酔をしますので、目が覚めたらすべてが終わっていますよ」

腕に麻酔薬の注射が始まると、涙が頬を伝わる。

「数を数えて下さい」看護師が注射をしながら言う。

「一、二、三、、、四、、、、五、、、ろ、、、」聡子の意識が遠のくと手術台が上昇。

「始めます」釜江医師が言って、手術が始まった。

一時間以上経過して、待合室に釜江医師が姿を現し「完全に終わりました。もう妊娠することはありません、子供の処理も完璧です。一週間程度で普通の生活に戻れるでしょう」と告げた。

「生理とかに影響はありますか?」

「大丈夫ですよ、本人は全く判らないと思います」釜江医師の言葉に笑顔になって、お礼のお金を差し出す籠谷課長。

この様子を見ていた看護師、瀬戸頼子は、これはお金になることでは……と思った。

三月の末になると桂木常務は久々に聡子を抱いて、以前以上に感度が良くなって良い女になったと上機嫌だった。

その後は聡子を酔わせて、ゴムの着用をしないでSEXすることも度々で、桂木常務は大いに満足を得た。

聡子も、自分が堕胎手術の時に十万もの大金を出してくれたので、以前よりは桂木常務に親しみを感じるようになっていた。

それと同時に毎月のように抱かれて、桂木常務の熟練の技に身体が順応してきたことも大きい。

籠谷課長は四月の人事異動で約束通り大阪本社の総務部次長に栄転して、後任には山口碧課長が着任した。

だが聡子はあと一年で戻って来る晴之との結婚に希望を持っていたのだ。

八月になって聡子は旅行の折り、桂木常務の機嫌の良い時を見計らって「来年から部署を変更して貰えないでしょうか?」と切り出した。

すると急に不機嫌になり「彼氏に抱かれて、恋しくなったのか?」と嫉妬を剥き出しにした。

正月に晴之が戻ってきて一泊二日で温泉旅行に行き、しばらくしてからそのことを告げたので嫌みを言われたのだ。

「彼が戻れば、六月には結婚しようと話し合ったのです。今のような関係は今後絶対に無理ですので、配置転換をお願いします」

先月言おうとしたが、その時は機嫌が悪くて言い出せなかった願い事だった。

「判った、考えておくよ」そう言うと再び聡子の身体を求めてきた。


話は戻って――。

「加山かつみって書いてあったのね」美優が意外な情報に驚きの表情で尋ねた。

「桂木常務は加山と名乗って、かつみという女性と一緒に初島へ行った、とても娘には見えなかったと叔母さんは話したよ。それに、俺が名探偵の間抜けな亭主だと言われたよ！」

「それで機嫌が悪いのね！　でもそれ正しいでしょう?.」そう言って笑う美優。

「東京の銀座で聞き込みをしなければ、桂木常務の実体が掴めないわね。この紙に書いた一番と二番を調べれば何か発見できるかも！」そう言って紙を出した。
①東南物産常務桂木、性格は女好き、インテリの女性が特に好き、風俗にもよく行く。
　品川の風俗に馴染みの店があり通っていた様子。
②銀座の和風クラブ夕月の常連で、何か新しい発見があるかも知れない。
「銀座では流石に偽名は使っていないけれど、他の店とか風俗で加山と名乗っているかも知れないわ」

「警視庁に仁義を切って、聞き込みに行くか！」

「それが早道かもね」


翌日一平は美優の言葉通り横溝捜査一課長に進言した。

横溝捜査一課長は警視庁に断りを入れて聞き込みに行くことを躊躇ったが、事件発覚後既に二ヶ月が過ぎ、焦りも手伝っていたので渋々認めた。

木南の自宅から持ち帰った物から事件に繋がるような物は全く見つからず、木南が誰を強請ったのかも特定できなかった。

唯一、場違いな物は初島のチラシ一枚だったのだ。

住まいが荒らされていたのは、犯人が録音された物を捜したからに間違いないが、その捜し物が見つかったかどうかは判らないのだ。

数日後、伊藤、一平、小寺、白石の四人が東京へ聞き込みに向かった。

品川近辺の風俗店を徹底的に調べることになったが、その数が膨大でなかなか見つからない。

殆どの風俗店は客の携帯番号で登録しているので、桂木常務が使っていた番号で店を次々調べるが、一軒もヒットしない。

午後からの店が多く、夜の十時まで調べた四人はホテルに十一時に戻って成果を話し合った。しかし、該当する店は一軒もなく、加山では登録されていても逆では検索できないと断られただけだった。

「明日も期待薄だな」一平がぼやくように言った時、美優が電話で「もしかしたら、桂木常務はプライベートの携帯を持っていたのかも知れないわよ」と話した。

「そうか、大会社の重役が遊ぶのに、自分の携帯を使うはずはないな！　明日会社に尋ねてみる」

翌日朝、東南物産に電話をすると迷惑そうに秘書課に廻され、先日会った山口課長が応対をした。

「私は、桂木常務とは半年程のお付き合いといいますか、部下でしたので、よく存じませんが、前任者の課長か秘書をしていた小塚か、もう一人いました秘書なら知っているかもしれませんね」

「今、小塚さんは?」

「専務と海外に行っています」

「前任者の課長さんは今どちらに?」

「……」沈黙があってからの答えだった。

「亡くなられています」

「もう少し詳しく聞きたいので、今から行きます」一平の声が裏返った。

十八話

東南物産に到着した伊藤と一平は、山口課長に面会をした。

「先程の前任者の課長さんは、病気か何かで亡くなられたのでしょうか？」

「前任の籠谷は大阪支店の総務次長に栄転で、昨年の四月に着任されたのですが、桂木常務が亡くなられる一週間前に、自宅で睡眠薬自殺されたと聞きました」

「十月の二十日前後ですね、自殺ですか……」

「桂木常務のプライベートの携帯と言われましたので、小塚に先程確かめましたが、知らないと言い、自分は見たことがないと話していました」

「そうですか。判りませんか？」

「お役に立ちませんでした」そう言ってお辞儀をして見送った。

外に出た伊藤が「今の課長さん何か言いたい感じでしたね」と話した。

「伊藤もそのような気がしたのか？　俺もそんな気がしたのだが、それが何の話なのか。会社に不利益なことなら話し難いだろう」

「そうですね、でも美優さんが言った携帯はある気がしますね」

一平は直ぐに佐山刑事に連絡をして、前任の秘書課長が自殺した経緯を調べて下さいと頼んだ。

佐山が大阪府警に尋ねると、自殺には違いないのだが、使った薬が随分古い成分の薬で、最近では販売されていない物だと記された資料が送られてきた。

十月の初めから、落ち着かない様子が社員によって目撃され、何か悩んでいるようだったとの証言もある。

中年の女性が初夏に二度程マンションに訪れたのを、管理人が目撃していたのと、若い男と自宅マンションの近くで会っているのも目撃されている。

府警では若い男に振られたショックで、発作的に自殺をしたのではと結論して事件にはしなかったようだ。

美優が一平に、「野々村」にはプライベートの携帯を使って連絡しているかも知れないと連絡をして来た。

一平と伊藤は今夜は銀座の和風クラブ夕月に行く予定にしていたが、小寺と白石に交代して貰い「野々村」に向かった。

夕月ではそれ程の成果が考えられないので、携帯探しのほうに命運を賭けた。

「今夜はまだ何かお聞きになりたいことがありますか？」

先日の板前が愛想良く迎え入れた。

ビールを注文して、簡単な酒の肴を適当に見繕う。

「実は、桂木さんがプライベートで携帯を持たれていたと思うのですが、番号をご存じないでしょうか？」

「ああ、桂木さんの個人的な携帯ですか？　知っていましたよ、でも昔の物で最近の番号は知りませんね」

「それはどういうことですか？」

「携帯を落としたと困っていらっしゃいましたからね、その後も持たれていたようですが、番号は聞いていません」

「普通は落としても、以前の番号にするのでは？」

「普通はそのようですが、悪用されたら困るので、すべて新しくしたと聞きましたよ」

「その古い番号は判りますか？」

「少し待って下さい」そう言って奥に消えると、小さなメモを持って来て「これですよ！　でも桂木さん古い通話記録はすべて消すように指示したとおっしゃっていました」

「相当、困ることがあったのですね」

「通話記録を消すようなことできるのでしょうかね」

「判らないぞ、大手商社の実力者だから、考えられないことでもできるかも？」

二人はしばらく飲んで、番号を手掛かりに品川近辺の風俗店に向かった。

すると二軒目で「この番号は加山さんだね、東京上野の五十歳、最近は使ってないね。昔はよく使ってくれたのだけれどな」馴染みの子を尋ねると「もう誰もいないな、刑事さんこのおっさん何かあったのですか？」

「死んだよ」

「えーー殺し？　だよねー、だから捜しているのだよね！　でもうちの店は関係ないよ」

いきなり二軒目で見つかったので、さらに次の店を求めて向かう二人。

次の店でも先程の店と全く同じで、数年間は全く来ていないとの答えだった。

「二軒とも同じだな、最近は全くこの辺りに来ていないのか？」

「そうなったら風俗関係には、用はないのかも知れないな」

そう言いながら二人は次々と店に飛び込んで行く。

「これで十五軒行ったが、約半数の店に登録があったな。本当に好き者なのか？」

「仕事に使っている可能性もありますね」

「接待か？　本番行為は禁止だろう？　接待になるのか？」

「ですから、本番ができる女性をスカウトするために数多く行っていたのではないでしょうか？」

「それも考えられるな。でも殆どの店が数年前から利用がないぞ」

「次はこの辺りでは大きい『品川ゴールド』って店ですよ。ここはチェーン店で多くの店を持っているそうですから、系列店に桂木常務が出入りしていたら直ぐに判るようです」

「先程の店で聞いた情報だな」

事務所に入ると、次々とかかる電話の応対を数人の男が手早く捌いている。

二人が刑事だと知って「当店は本番行為をしていませんよ」そう言って店長と名乗る男が出て来た。

「そういうことで来た訳ではない、この番号の客のことを知りたい」とメモを差し出す。

店長桜塚は目の前のパソコンを叩いて「ああ、加山さんだね。上野の叔父さん。最近は全くご無沙汰だな！　昔はよく使ってくれたお得意さんだった」

全く同じことを言うので「系列店での利用はないかね」と尋ねると、パソコンを見て「ないな。この加山さんどうしたのですか？」

「殺された」その言葉に事務所内の男達の声が一瞬止まった。

「加山さん殺されたのか？　それなら利用できないよな」

「馴染みの子はいたの？」

再びパソコンを叩いて「昔は数人いたようだけど四年前かな、はっきりしないけれど、その年の年末を最後に来てないね、もちろん系列店にも来た形跡がないよ」

「ここが一番新しいですね」伊藤が小声で一平に言った。

十九話

「加山さんが呼んでいた子は今もいますか？」

「いませんよ！　最後によく呼んでいた子が辞めた後、来ていませんね。加山さんは普通女の子とは一回が多くて、二回でも珍しいのに、この子は半年程で十回も呼んでいます。時間は一回殆ど三時間ですね」

「その子の名前は判りますか？」

「この店ではかつみちゃんって名前ですね、もちろん源氏名ですよ」

「かつみ？」声が変わる一平。

「繋がりましたね！　初島！」興奮を隠せない二人。

「本名は?」

「一応は履歴書のような物は書いて貰うけれど、殆ど出鱈目でしょうね、事情があって働く女の子もいるし、小遣いが欲しいだけで来る子もいますからね。日払いですから、一日で来なくなる子も、中には客の前から逃げてしまう子もいます」

「写真は残っていませんか?」

「一年程度は保存していますが、何しろ膨大ですから削除します。後々有名人になる子もいますので、トラブルの元になるのです」

「そのかつみさんの本名と住所を教えて下さい」

「関係ないと思いますし、たぶん出鱈目だと思いますよ」

そう言いながら渋々伝える。

本名・須藤瑠衣、最寄り駅は武蔵小杉。住んでいるのは――。

出勤した場合、交通費は片道出すことになっているため、最寄り駅は明らかになっている。

男は武蔵小杉を説明した。

駅にはJR東日本と東急の二社五路線が乗り入れ、接続駅としての役割も果たしている。

JR東日本の駅には、南武線・横須賀線・湘南新宿ラインが乗り入れ、帰宅時間の遅い仕事に就いている人も、武蔵小杉ならある程度の時間まで融通が利くので便利だと感じられるはずである。

横浜まで十二分、品川まで十分という中間点となっているので、どのエリアに移動するにも不便を感じることはない。

「全く知らない地名は書かないでしょう？」

「メゾンむらさき三〇八号室か！」

二人は興奮しながら事務所を後にし、翌日この住所を調べることにした。

「でも初島で一緒だった女性が同一人物なら、時間が余りにも長くないか？」

「そうですね、この店のかつみちゃんが気に入って名前を使った？」

「偶然再会して、良い仲になった可能性もあるな」

風俗好きの桂木常務が最後に四時間も費やしたかつみに二人は興味を持った。

事務所を出てしばらくすると、携帯が鳴って先程の桜塚が「このかつみって子の面接をした森繁って人、静岡県の出身で浜名湖の近くです」と連絡して来た。

電話を終えると「浜名湖の近くだな。事件と関係あるのか？　森繁進？」一平が首を捻る。

「桂木常務は浜名湖の近くの舘山寺温泉で死体が発見されましたが、風俗の面接をした男とは繋がらないですよね」

住所と名前を手帳に控えてホテルに向かっていると、白石刑事が連絡をして来た。しかし、予想した通りで収獲は皆無、携帯の事実も掴めず、接待で年に数回使っていただけだった。

翌日四人は、おそらく収穫はないだろうと思いつつ、武蔵小杉に聞き込みに向かった。

メゾンむらさきは大きな十階建ての高級マンションで、三〇八号室は３ＬＤＫのファミリー向けの部屋だった。

今の住人の名字は須藤とは似ても似ていない宮本になっている。

一応住人に尋ねると、ここに住んで十年になるが、須藤瑠衣という名前には全く心当たりがないと答えた。

「店長が言った通りでしたね、履歴書は全くの出鱈目でしたね」

伊藤の言葉がすべてを表し、四人は武蔵小杉では成果を得られず静岡に帰った。

自宅に帰るのを待ちかねていた美優は、東京での一平の聞き込みに期待を持っていた。

すべてのことを話し終わると「その須藤瑠衣って子がかつみって源氏名で店に出ていた、そして加山という名前で何度もその子を呼んでいる、その子が辞めると急に桂木常務さんは風俗に行かなくなった。間違いなくその子を気に入っていたわね」

「それは判るのだけれど、その子が何処の誰か判らないし、初島の子と同一人物の確証はない」

「大きなマンションのその部屋には、宮本さんって人が十年前から住んでいた。何故そんな住所やマンションの名前が浮かんだのだろう？　嘘なら全く出鱈目なことを書くでしょう？　何か関係があるのよ。何かね！」そう言って考え込む美優。

「浜松の男はどう思う？」

「一応は調べてみたら？　その人が事件に絡んでいるのなら、この事件は解決するけれど、足立伸子さんの事件とは全く関係がないから、違うと思うわ」美優は森繁の話を切って棄てた。

美優は足立伸子と桂木常務の事件は同一犯の犯行で間違いないと思っていた。


翌日県警は森繁進を調べるために、一平と伊藤を自宅に向かわせた。

自宅には両親が住んでいて、息子について聞くと、去年から舘山寺温泉の旅館に勤めて真面目に働いているが、東京で何かしでかしたのか？と心配顔になった。

そう聞いて、二人は舘山寺温泉の旅館、橘に向かった。

森繁は刑事の訪問に驚いて「去年の事件のことですか？」と尋ねる。

「何故、そう思った？」

「事件がまだ解決してないので、現場に戻った……と思っただけです」

「何故、あなたに聞きに来たと思いますか？」

「それは判りません」困惑な表情になる。

「実は森繁さんが以前勤めていた風俗店『品川ゴールド』のことを聞きたいと思いまして」

「えっ、ここでは言わないで下さい、誰も知らないのでお願いします」

「はい、判りました。その店のお客で加山さんって客を覚えていますか？」

「加山さんですか？」しばらく考えて「長時間のおじさんですよね、その方が何か？」

「実はその加山さんが、桂木常務なのですよ」

「えーーーー」森繁の驚いた表情には二人も言葉を失うほどだった。

事情を聞くと、森繁は何度も加山と話をして、女の子の好みなどを聞かれていたという。

「かつみさんという子を気に入って何度も呼んでいましたね」

「そうです、加山さんは頭の良い子が好きでした。かつみって子は私が面接しまして、家庭の事情で仕方なく風俗に来た感じで、ど素人の子でしたね」森繁が意外とすらすら答えるので、二人は何か重要なことを覚えているかも知れないと期待した。

二十話

「何かかつみさんで覚えていることはありませんか？」

「簡単な履歴書を書く時、本当のことを書くのか？と尋ねられたので、都合が悪いなら適当に書いて下さいと言いました。しばらく考えて書いていましたが、話し方とかで相当頭の良い子だと思いました」

「それで加山さんに勧めたのですね」

「ど素人の子だったので、安心できるおじさん達を紹介しました、その人達は気に入って何度かかつみさんを指名してくれたと思いますよ」

「その人達のこと覚えていますか？」

「はい、覚えていますよ、関西から来られる北畠さんと名古屋の赤木さんです。本名かどうかは判りませんが」

「店に聞けば携帯番号が判りますから、警察で調べます。かつみさんでほかに覚えていることはありますか？」

「短い期間だし、面接の時に話した程度で、それ以外はメールか電話のやり取りですからね、ドライバーのほうが女の子とは話すことが多いですね」

「ドライバーってホテルとかに送る人ですね」

二人は、また聞かせて下さいと礼を言って旅館を後にし、県警に戻ると赤木と北畠の携帯番号を調べた。

名古屋の赤木は本名を赤沢というが、昨年夏に肺癌で他界していた。

もう一人の北畠は、携帯の名義は北村工業社長の北村利一が持っていたものだが、彼も昨年海外旅行中に事故で亡くなっていた。

「何処に旅行していたのだ?」横溝課長が伊藤に尋ねると「中国です。十一月に大連に行っていたと社員が話してくれました」

「二人の携帯にかつみとの交信がないか、通話記録を調べてみなさい」

横溝捜査一課長も事件の進展に急き、苛立ちを隠せない。

「政治家との接点は見つかったのか?」

「桂木常務が初島に行ったのは、女と楽しむだけなのか、初島カジノ構想のためなのか、まだ決定的な証拠はありません。参議院議員の猿渡が旗を振っている程度です」

「それは以前からだろう? ほかに誰か有力な人物が絡んでいなければ成り立たない話だ。静岡県選出の国会議員全員の調査をして、実体を掴むように!」横溝捜査一課長は檄を飛ばした。

「お母さんにもう一度来て貰って、私が東京を調べて来ます」自宅に帰った一平に美優が言った。

「えー、刑事四人が調べて判らないことを美優一人で判るの?」

「日帰りで行って来るから、朝早く来て貰ってね」

「何を調べに行くの?」

「メゾンむらさき三〇八号に決まっているわ」

「須藤瑠衣の住まいか?」

一平は北畠と赤木のことを説明して、美優の反応を確かめる。

「ドライバーは見つかったの?」

「当時のドライバーはもう誰も残っていなかった。おまけに家も転居していた。バイト感覚の人が多くて、女の子と同じで短いらしい」

「じゃあ、手掛かりなしね」

「お袋に尋ねてみるよ。成果は期待できないけれど。間抜けの旦那さんだからな」

「根に持っているのね、事件を解決するのが一番よ!　元気を出しなさい」

そう言って美優は頬にキスをした。

翌日、国会議員の調査をしていた刑事が、熱海にカジノが本当に来るかも知れないと言った衆議院議員がいたと聞き込んできた。

名前は田辺茂。

噂の話として、大手の商社が中心になって根回しを行っていたという。

「大手の商社は、東南物産でほぼ間違いないだろう」

「数人の議員がこの件に首を突っ込んでいるようです」

「田辺議員は蚊帳の外か？」佐山刑事が尋ねる。

「どうやら、そのようですね」

田辺議員は人民党ではないので、相手にされていないのは当然なのだが、改新党に情報が漏れている事実は本当なのか。自分達も全く知らないカジノ構想が進んでいることに佐山刑事は困惑している。

人民党の議員を中心にカジノ構想が進んでいるのなら、それは本当に実現に向かっていたのか？

桂木常務が亡くなって、その構想も立ち消え状態になったのだろうか？

だが、そのカジノ構想に絡んで次々と殺人が起こっているとは考えにくい。

捜査一課は、具体的には何も発表がないのに、いきなり殺人事件が起こることに混乱していた。

　数日後、美優は東京に向かう日を決め、武蔵小杉の宮本家に訪問の電話をした。

「えっ、静岡県警の方がまた来られるのですか？　私共に何か疑いでもあるのでしょうか？」

不機嫌そうな声に「静岡県警としてお伺いするのではありません、先日お伺いした野平刑事の妻としてお伺いしたいのです」

「刑事の妻？　もしかして週刊誌に載っていた美人妻の静岡県警の美優さん！」

　宮本の妻の声が興奮気味のトーンに変わった。

「どうしましょう？　えっ、私インタビューでもされるのかしら？　ええ、是非お越し下さい、サインも頂けます？」

「は、はあ？」

「近所の人も呼ばなくちゃ！　有名人！　わあー大変だ。あの時の刑事さんが間抜け、いいえ、ごめんなさい御主人ね」そわそわと自分だけが喋る。

「明日午後お伺い致します」と電話を終えるが、明日はひと騒動起こりそうな予感がした。

　だが反面、何か新しい発見がある可能性も期待できると感じた。

その日の夕方捜査本部で大きな動きが起こっていた。

ラブホテルの調査を地道に行なっていたチームが、ニシジマの提携先のラブホテルを一軒ずつ調べているなか、神奈川県の厚木のラブホテルで、防犯カメラに意外な人物の画像を発見。捜査本部は俄に騒がしくなっていた。

「このカップルは予想していなかったな」

「はい、一瞬目を疑いましたが、鮮明に写っているので間違いないですね」

「明日事情を聞きに行け！」横溝捜査一課長は事件の新たな展開を期待した。

二十一話

「足立伸子はこの厚木のラブホに仕事で行ったのか？」

「はい、同僚の急病で退職する一ヶ月程前に行っていました」

「そうか！　決まりだな。このカップルに間違いない！　ボイスレコーダーを忘れたのはどちらかだ！」横溝捜査一課長は、足立伸子殺害時の二人のアリバイを調べるように指示をした。

翌日、一平達は柏崎由希子の事務所に向かい、横溝捜査一課長は由希子の答え次第で相手の男について聞き込むことを決めた。

錦織雄次郎衆議院議員。元人民党幹事長を勤めた経験もある実力者で、神奈川県の選出だ。以前は若手のエースと呼ばれた時期もあり、年齢は五十代後半。

「まさか、この二人に関係があったとは驚きだったな」横溝捜査一課長が呆れたように言った。

佐山が「この二人が強請られていたのでしょうか？」と言う。

「少なくとも不倫だから、世間に出れば大きなスキャンダルになる」

「柏崎は独身ですが、錦織は妻も子供もいるし、一時は将来の総裁候補とまで言われた人物だから、痛いだろう？」

「でもそれで殺しますかね？　少なくとも足立伸子と木南信治の二人を殺害した可能性がありますよ」

「ますます判らないのは桂木常務殺しだな。理由が判らない」

二人は頭を抱えて、柏崎由希子の聞き込みの結果を待つことにした。


その頃美優は新幹線で新横浜に行き、そこから横浜線に乗り換えて菊名に向かう。

武蔵小杉は、ＪＲを使えば品川へ行くにも便利だと調べてきていた。

かつみと呼ばれた女性は、本当は別の自宅があるが、何かの事情でこの場所に住んでいたのでは？と思いながら外の景色に目を移す。

「横浜駅に行くのも十二分程度なのね」電車の路線図を見て急に横浜の大学を調べ始める美優。

桂木常務が好きだった女性が、頭の良い女性だということ、この武蔵小杉から学校に行きながらバイトをするなら？と考える。

「偏差値の高い大学は二つ、武蔵小杉なら国立の方ね」独り言を呟く。

しばらくして、武蔵小杉駅を降りると、目的の場所までタクシーで向かう。ワンメーターの範囲だったので十分歩ける距離だと感じた。

「綺麗な高級マンションだわ」建物を見上げる。ふと時計に目を落とすと、約束の時間まで少し余裕があるので、近所を見て歩くことにした。

マンションの裏側に入ると、三階建ての古いマンションが道を隔てて建っている。

見上げると丁度メゾンむらさきのバルコニーが見える。

裏通りに入ると、極端に異なるマンションがあり、「ハイツ茜」と小さな看板が出ている。

中から一人の女性が出て来たので「このマンションはワンルームですか？」と尋ねると「はい、学生さんが多いですね、妹さんの住居をお探しですか？」と聞き返される。

微笑みながら肯き「ここに横浜の国立に通われている方、いらっしゃいます？」と再び尋ねる。

「わー、頭がいいのですね、妹さん！　今このマンションから通っている人はいませんけれど、近いですよ」

「昔はいたの？」

「私は知りませんね、でも昔は何人かいたと思いますよ」

「あのマンション素敵ですね」今度はメゾンむらさきを指さす。

「高級マンションですから、当然ですよ！　億ションでしょう？　私には夢の世界です」

そう言って笑う女性。学生だろうか。

かつみと名乗った女性もあのマンションを見て、羨ましく感じたから書いたのかも知れない。考えているうちに約束の時間が近づき、マンションの玄関に向かう。

セキュリティが万全で、入り口で部屋番号を押すと「美優さんですか、待っていましたのよ」ホーン越しに聞こえる声は騒がしい。

近所の人が集まっているのだわ、聞く手間が省けると思いながら入って行く。

大理石の玄関、エレベーターの感じも高級感が漂う。

築十一年なのか、エレベーターの品番が十一年前の年号になっていた。

かつみがこのマンションを見た時は、築五年程度だったろうか。光り輝いていたことを想像しながら三階に着くと「わー、週刊誌の紹介通りの美人さんだわ」「素敵！」「このマンションでは事件は起こってないわよ」四、五人の奥さんが口々に話すので、聞き取れない状態だ。

マスコミの威力は恐ろしい、一年程前の記事でもこれほどの反響なのに驚く。

「どの事件？　静岡なら商社マンの殺人？」

「いいえ、もう一つあったわね！　ホテルの掃除の叔母さん」

「最近では、木南とかいう遊び人が海に投げ捨てられていたわよ！」

「どの事件？」

五人が適当に喋るので美優が「はい、その事件すべての犯人を捜しています。そして重要参考人の女性がここに住んでいることになっているのです」

「えーー宮本さん、誰か入れたの？　御主人と子供さん以外に、誰か住んでいたの？」

「何年前？」

「たぶん五年前くらいだと思いますよ！」

宮本がコーヒーを入れて、美優に勧めながら「五年前くらいに他人が家に入った？　そういえば電気屋さんがテレビ運んで来たわ」

「違います、何日かこの家に来ていた人はいませんでしたか？　須藤瑠衣さんって学生さんとか」

「さあー女性は来ないわ、この人達以外に、特に若い女性は来ませんよ！　先日も御主人に須藤とか瑠衣とか聞かれましたけれど、心当たりありませんね」

「この裏手に古いマンションがあって、そこには学生さんが下宿されていますが、その学生さんは来ませんか?」

「私達と学生は殆ど交流がありませんよ!　ねえ、みなさんも同じですよね」

「少し待って。宮本さんの家に少しの間、学生の家庭教師の男の子来ていなかった?　息子さんが高校入学の時」一人の女性が急に思い出したように言った。

「でも、捜しているのは女性の方ですよね」

「はい、そうですが、その学生さんは何処の大学でしたか?」

「入試の追い込みに来て貰ったのよ!　確か、横浜の国立大学の学生だったけれど、卒業して田舎に帰らなければならないと言って、半年も来なかったと思うわ」

「その男の子の名前判りますか?」

「調べれば判るかも知れませんが、確か関西の出身だったと思いますね。でも須藤ではなかったですよ」

「その男の子一度見たことある!　夏だったかな、この前のマンションの女子大生と仲良く歩いていたわ」

一人の女性が思い出したように言った。

「それは、本当ですか?」美優の瞳が光る。何かを掴んだ気がしたのだ。

二十二話

美優は男性の家庭教師の話と、近くのマンションの女性のことを聞こうとしたが、昔の自慢話を聞かれて適当に答えるばかりで、肝心なことは判らなかった。

宮本の奥さんが、家庭教師の名前が判ったら早めに連絡すると約束してくれたので、切り上げてマンションを出た。

美優はハイツ茜の昔の女子学生が気になり、管理会社を訪ねることにした。

六年程前で、須藤瑠衣、またはそれ以外の女子の名前と住所を調べてほしいと言うと、個人情報を簡単には教えられません、ただ須藤瑠衣さんという名前の学生は入居の記録がありません、とのことだった。

美優は、たぶん静岡県警から捜査令状が出て住居人の情報を提出願うことになると思いますと言って、不動産の管理会社を出た。

美優が出て行った後で、しばらくして女子社員が「今の人、野平美優と言ったわよね、静岡県警って言わなかった?」と同僚に尋ねた。

「そう聞いたわ!　どうかしたの?　警察の奥さんが凄い出しゃばりね!」

「あの人、もしかして週刊誌に出ていた静岡県警刑事の美人の奥様ではないの?」

「あっ、そうよ!　野平美優って言ったわ。有名人だったのね!　可愛い美人って本当だった!」

「ショートボブで、溌剌とした奥様って読んだわ!　サイン貰い忘れた!」

「でも、あの古いマンションの住人が犯罪に関与しているの?　殆ど大学生だけれどね」

「取り敢えず準備はしましょう、六年前くらいって聞いたから、随分多いわ!」

女子社員二人は早速資料の整理を始めた。


一方、柏崎由希子の事務所に向かった一平と伊藤。

由希子の秘書から、自宅にいるからそこで会いたいとの指示があり、二人は由希子の自宅に向かう。

事務所から沼津の自宅に呼びつけたのは、何かを感じたからだろう?と一平達は直感した。

午後二時に自宅に到着すると、応接間に招き入れられた。

応接間には自分の女優時代の写真が沢山飾られ、中には映画賞の写真もあって誇らしげに見える。

「野平さん！　この写真見て下さい」伊藤が賞を貰った時の写真を指すと、そこには一緒に写る錦織衆議院議員の姿があった。

「これは！」一平が驚いた時、ドアが開いて柏崎由希子が入って来て「若いでしょう？　もう昔ね」と言って軽くお辞儀をした。

「今もお綺麗です」一平は世辞を言いながら会釈をした。

「静岡県警が私に何用なの？」

三人がソファに座ると由希子が切り出した。

「単刀直入にお聞きしますが、あそこの写真に写っている錦織さんとのご関係は？」

顔色が変わる由希子。

「あの写真ですか？　後援会の会長をして頂いていたのよ！　だから一緒に写っているのよ」

「後援会の会長ですか？　その時は人民党の幹事長でしたね」

「そうだったかしら？　覚えていないわ！」

「申し遅れました！　私達は殺人事件の捜査をしています」と二人がテーブルに名刺を置いた。

「殺人事件と言いますと、少し以前に起こった商社の重役？　それとも最近起こった御前崎の水死体？」

「もう一つお忘れでしょう？」

「まだありましたか？」惚けたように聞く由希子。

「はい、今日はその事件で重要な証拠が見つかりましたので、事情をお聞きしたくて参りました」

「……」恐い顔で睨むような由希子。

「この写真をご覧下さい、或る神奈川のラブホで撮影された映像を、焼いてきた物です」

テーブルに数枚の写真を並べると、由希子の顔色が変わった。

「ここに写っているのは、あなたと錦織さんですよね」

「…………」写真を手に取ると、観念したように「はい。そうですね」と認めた。

「このラブホで仕事をしていたのが、もう一人の人物、今日我々が調べに来ました足立伸子さん殺害事件です」

「その足立さんて人が殺されたことに、私が関係していると言いたいのですか？」

「まだそこまで言っていません、錦織議員との仲はお認めになられるのですね」

「……昔から可愛がって貰っていました。でも関係はありませんでしたよ！」

「関係ができたのは？」

「この時一度だけです、議員は奥様もいらっしゃいますので、その後は会っていません」

「それでは、この時ボイスレコーダーを部屋にお忘れになったのですよね！」

「はあ？　一体何の話しをされていますか？　私には理解ができません！　そのボイスレコーダーが発見されたのですか？」

「いいえ、そのような物があったのかは証明されていませんが、足立さんの同僚の話では持っていたと考えています」

「県警では、私がそのボイスレコーダーをホテルに忘れたと？　私にはそのような変な趣味はございません！　失礼です！　お帰り下さい」

「足立さんが亡くなられた時は、どちらに？」

「アリバイですか？　その時期はヨーロッパに行っていましたよ！　お調べ頂ければ直ぐに判りますわ」

「最後にもう一つお聞きしますが、東南物産の桂木常務はご存じですか？」

「私が商社の方を知っている訳ないでしょう？　あの方自殺ではないのですか？」

「何故そのように思われるのですか？」

「いいえ、何となくそう思っただけです。だって殺されるようなことしていたの？」

「それは捜査中です」

二人はこれ以上何も喋らないだろうと思った。

「また何か新しいことが判りましたら、お聞きに参りますので、よろしく」

自宅を出ると「ボイスレコーダーは彼女が忘れたな！」

「でも何のために録音して、何故忘れたのでしょう？　録音する程大事な物を！」

「それが変だな。内容は二人の会話ですよね」

「判らないが、二人がラブホに行った日に足立伸子がボイスレコーダーを手に入れたことは確かだ」今日は錦織議員との関係を認めさせたことで納得した。

二十三話

夜自宅に帰った一平と美優はお互いの情報が聞きたかった。

一平は、柏崎由希子はラブホテルで錦織議員と密会していた事実は認めたが、ボイスレコーダーのことは認めなかったと話した。

美優の何か気になった点は？との質問に、桂木常務が何故殺されたのかが理解できないようだったと答えた。

「私の疑問と同じ部分で、柏崎さんも不思議に思っていたのだわ」

「それはどういうことだ？」

「柏崎由希子さんがボイスレコーダーを忘れたとして、それが原因で足立伸子が強請ったのなら？と思ったのよ！　桂木常務と柏崎さんが知り合いだったとしたら？　その錦織議員との仲は深い関係ではなかったら？」

「えっ、美優は二人の関係が深い仲ではないと？」

「人身御供なら？」

「人身御供？　柏崎由希子は錦織議員を取り込むための道具？」

「それもあるかも知れない、もう少し詳しくホテルの聞き込みをしてみて。二人が帰った後誰かが忘れ物を捜す電話をした可能性もあるわ」

「美優が何を考えているのか俺にはさっぱり判らない」一平は美優の考えに付いていけなくなった。

美優は、自分が行ったマンションの近くにあるハイツ茜の昔の住人リストを管理会社に頼んであるので、静岡県警から話して貰うように頼んだ。

「そんな小さなマンションあったかな？　でも何故、関係ないマンションの住人の？」

「そのマンションから、かつみさんが三〇八号室を見ていたかも知れないの」

「えー、風俗嬢のかつみが、そのマンションに住んでいたのか？」

「可能性があるのよ！　武蔵小杉駅は品川まで十分、もし大学が国立なら半時間で行けるのよ」

「なるほど、流石は美優だ！」一平は褒めた。

だが翌日届いた書類には、自宅の住所と名前のみで職業欄は殆ど学生と書かれている。

取り敢えず資料を自宅に持ち帰るが、学生が多いのでたいていが四年ないしは三年で変わっている。

中には一年とか二年で転居している学生もいて、人数は相当に上る。

美優はまず遠方の学生から調べることにした。

二十軒のワンルームマンションの住人が、これほど沢山いることに驚きながら調べた。

翌日の捜査会議では横溝捜査一課長が、一連の事件に方向性が見えてきたと説明した。

ただ関係者が現役の国会議員なので、もう少し証拠を固めてから錦織議員と柏崎議員を事情聴取すると発表する。
①事件は国会議員の不倫が基本になっている。
②桂木常務がこの不倫の情報を手に入れるために、足立伸子に近づいていた。

③日頃から女遊びの多かった桂木常務は静岡方面で度々遊んでいた。
④情報を掴んだ二人が錦織議員と柏崎議員を強請った。
⑤結果次々と二人が殺されてしまって、偶然殺害に使われた青酸性の毒物が桂木常務の持っていた物ではないかとの証言で、我々は勘違いをしたようだ。
⑥錦織議員が裏の組織を使って殺した可能性もあるが、その辺を慎重に調べること。
⑦木南信治はこの二人のどちらかを強請に行って、逆に殺されたと思われるが、裏組織の犯行に手口が似ている。
「以上の点の裏付け捜査を今日から全員で行なうことにする」

一平が「美優が桂木常務と関係のあった風俗嬢、かつみを捜していますが？　それはどのように致しましょうか？」

「今回は奥さんの推理が少し違っていたようだが、桂木常務が初島に一緒に行った女性が見つかると、毒殺された経緯も知っている可能性があるので、引き続き捜して貰いたい」

「しかし、自分達の不倫で人を三人も殺しますかね」佐山が言う。

「錦織議員は将来の総理候補だ！　今のタイミングで不倫が世間に知られることは大きな問題だろう？」

「それと錦織議員は若い時から柏崎由希子のファンで、ファンクラブにも入っていたとの情報も入っています」

「やはり、そのような行動をして、後援会の会長もしたのだから、間違いない！　ボイスレコーダーが見つかればすべてが判明するのだが、誰が持っていると思う？」横溝捜査一課長が全員に尋ねた。

「木南信治はコピーを持っていたので、自宅を荒らされて本物を探したのだと思います」

「それでは元のボイスレコーダーは、足立伸子が錦織に渡して殺された？」

「僕が柏崎由希子に聞いた時、彼女は桂木常務が殺されたことに対して、不思議そうな感じだったのです」一平が発言した。

「それは錦織議員が桂木常務を殺すとは思っていなかったのだろう？」

「課長、カジノ構想の話はどのように繋がるのでしょう？」佐山が尋ねる。

「佐山君、それは柏崎由希子が殺人事件をカムフラージュするために、流したデマだよ！　たまたま桂木常務が女性と初島に遊びに行ったのが、事件に結び付いて全く存在しないカジノ構想になったのだ」

横溝捜査一課長は自分の話に酔い、物証と裏付けを今日から徹底的に捜すように指示して会議が終了した。

錦織議員が神奈川県警の管轄になるため、一応横溝捜査一課長は神奈川県警に仁義を通すことを忘れなかった。

神奈川県警からは、政界の大物だから完璧な証拠を掴むまでは手出しは控えてほしい、監視等は神奈川で行ない状況はお知らせする、と丁重に断られる。

そのため静岡県警は柏崎由希子の身辺、および柏崎由希子と桂木常務に接点がないかを徹底的に調査し始めた。


数日後美優は数人の女性のリストを作成して、一平に「この中に須藤瑠衣、加山かつみがいると思うのだけれどね」と見せた。

渡辺操（島根県）、工藤香奈（秋田県）、大木志保（北海道）。

「近所にも候補の女性が数人いたのだけれど、最後まで学校に行ってないから、外したのよ！ふつう国立なら無理してでも行くでしょう？　だから二年で退学した学生は除外」

「美優の高学歴に対する偏見じゃあないの？　国立でも途中で辞める人いるよ」

「とにかくこの三人が風俗で働いていた実績があるか、調べて貰える？」

美優はかつみと加山かつみが同一人物なのか？に焦点を絞っていた。

二十四話

「県警では、錦織議員と柏崎議員の不倫が原因での事件として、調べているのだよ。桂木常務と柏崎議員に接点があれば解決だ」

「私は違うと思う！　逆だと思うわ！」

「逆？　どう言う意味なの？」

「柏崎由希子が錦織議員を誘惑したと思うな！」

「えー誘惑？」

「そうよ！　たぶん警察はもう直ぐ柏崎由希子と桂木常務の接点を見つけると思うわ、でもそれは桂木常務が仕掛けた罠で、由希子が錦織議員を引き込む材料になったのよ」

「えー、意味がよく判らない」

「初島カジノ構想を実現するために、大物議員の力が必要になって錦織議員に的を絞った。以前から柏崎由希子のファンだった錦織議員は、誘いに乗った。そこで証拠のボイスレコーダーが登場するのよ」

「でもそのような大事なボイスレコーダーを忘れるか？」

「だから私が、以前お願いしたでしょう？　誰か連絡をしてきた人はいなかったか調べてって言ったでしょう?」

「あっ、忘れていた」

「でしょう?　私が調べたわ!　男の人が電話をしてきたって!」

「男?」

「たぶん桂木常務だと思うわ」

「もしもボイスレコーダーが二台あったら、どうなると思う?」

「えー、ボイスレコーダーが二台?」

「ニシジマの職員が仕掛けていたとしたら、間違えて違う物を柏崎由希子が持ち帰り、驚いて桂木常務が問い合わせた!」

放心状態で聞いている一平。

先日の捜査会議とは全く異なる美優の推理だが、辻褄は合うと思う。

美優が「これはまだ言ったら駄目よ!　今言うと課長の権威が落ちるからね、まだ判らないことが多いのよ!　だから発表はできない」

「例えば?」

「私の推理では、足立伸子さんを殺してでも、ボイスレコーダーを取り戻したいのは、桂木常務だと思うのよ。でも足立伸子さんよりも先に桂木常務が殺されたことが理解できない。この部分が解決できたらすべてが繋がるのよ！　二人の殺され方が同じだから同一人物だと思うのだけれど、犯人が見当たらない。だから秘密を知っている可能性があるかつみを捜しているのよ！　初島まで一緒に行く仲だから、相当知っていると思うの」

「それが渡辺操（島根県）、工藤香奈（秋田県）、大木志保（北海道）の三人か？」

「でも国立の子が風俗で働くかな？　その三人の学校は判らないのよ。それも調べて！　たぶん国立だと思うので抜粋したの。風俗の名前と一緒にしたのかも知れない。でも桂木常務はかつみさんのことをとても気に入っていた」

一平は話を聞いて一層判らなくなっていた。


話は少し前に戻って去年の八月――。

「堂本君！　いよいよ仕掛ける時期が近づいたぞ！　初島を中心にした熱海、初島一大カジノプロジェクトが動き出すぞ」

「与党の大物代議士さんとの交渉が進むのですか？」

「その通りだ！　忙しくなるぞ！」

「私も常務さんとの最後のお仕事になるかも知れませんね」何気なく言った言葉が桂木常務の神経を逆撫でしたことを聡子は知らなかった。

数日後、桂木常務は柳井工業の上海支店に直接電話をして、植野晴之が当分帰国できないように取り計らってほしいと頼み込む。

柳井工業は、空調冷熱設備、クリーンルーム、医療ガス、ガス溶接事業を中心にした中堅企業で、上場もしているのだが、東南物産の力は強く、特に筆頭常務桂木の要望にはご無理、ごもっとも状態なのだ。

しかし、支店長室の隣の事務員がこの話を偶然聞いてしまった。

この事務員は現地採用の中国人だが、少なからず植野に好意を持っていたため、晴之に東南物産の指示だと伝えてしまったのだ。

数日後、晴之を呼んで、支店長が本社と相談して、仕事が良くできるので係長に昇進させて、もう一年上海で頑張ってほしいと説得しようとすると、晴之は辞表を叩き付けて退職を申し出てしまった。

呆然とする支店長を尻目に、晴之は翌日帰国してしまう。

帰国の翌日、晴之が桂木常務に連絡をして、どうしても話したいことがあると告げたのは、言うまでもなかった。しかし、なかなか面会はかなわなかった。

話は戻って——。

柏崎由希子の自宅近辺の聞き込みで、横溝捜査一課長が待ちに待った情報がもたらされた。

桂木の借りたレンタカーを目撃していた学生がいたのだ。

その学生は柏崎由希子のファンで、柏崎が出て来て偶然会えないかと、暇があれば自宅の近くを散歩していたらしい。

そのため、携帯のカメラで来客の車、時には来訪者も撮影するらしく、写真にはレンタカーの番号が克明に写されていた。

「これで柏崎由希子を引っ張れる」

「もう一度事情を聞きに行くのは駄目ですか？　参議院議員で元女優ですから、話題が大きすぎて、錦織議員のほうが対策を講じると面倒ですよ」佐山が横溝捜査一課長に進言した。

「よし、野平と伊藤でもう一度聞き取りに行ってくれ」

二人が会いたいと伝えると、柏崎由希子は渋った。

そこで「警察に来て頂くことになりますが、それでもよろしいのでしょうか？」と話すと、夜六時に自宅へ来てくれるようにと答えた。

美優に頼まれていた渡辺操（島根県）、工藤香奈（秋田県）、大木志保（北海道）の三人の身元と現状を調査したが、各県警の調べでは地元の県庁に勤めている人と大手企業に勤めている人で、東京の風俗で働いたのかは判らないが、少なくとも静岡近辺に桂木常務と来た形跡は皆無だとの調査結果が届いた。

美優に伝えると予想が外れたことを悔しがったが、それが美優が範囲を広げて調べることに繋がっていった。

二十五話

一平と伊藤が柏崎由希子の自宅に到着する頃、美優の元にも宮本の奥さんから知らせが入った。

「少しの間家庭教師に来ていた男の子は大村茂樹君といって、国立大の学生さんでした！　遅くなってごめんなさい」

律儀な子で、年賀状を送って来ていたので判ったのだと言う。住所を教えてほしいと頼み込むと「金沢」と返ってきた。

早速電話番号で調べてみたが登録はなく、美優は先日の失敗もあるので、直接本人に聞いてみることにした。

冬の金沢？　でも寒そう。そう思いながら、この大村茂樹という学生が今回の事件の鍵を握っているのでは……。美優の頭の中に閃きが起こった。


一平と伊藤が柏崎由希子の自宅に行くと「私と桂木常務のことが知られてしまったのね」と開口一番言い始めた。

「そうです！　前回何故知らないと答えられたのですか？」

「だって、桂木常務さんが毒殺されたので、関わりたくなかったのよ」

「でも今は疑われていますよ」

「冗談はやめて下さいよ！　桂木常務さんとは一緒に仕事をしている関係なのよ、何故殺さなければならないの？　常務さんが亡くなられて一番困っているのは私なのよ」

「それはどういう意味ですか？」

「……」急に喋らなくなる由希子。

「警察は私か錦織議員が犯人だと思っているの？　もしそのように考えていらっしゃるなら、大きな間違いですよ！　確かに先生と私は不倫の関係ですが、お互い桂木常務さんにはお世話になっていたのですよ。何故そのような大切な方を殺すのですか？」

「では足立伸子さんは？　おふたりにとっては邪魔な存在でしょう？」

「私は足立さんとは面識がありません、前にもお話ししましたが、ヨーロッパに行って留守でした」

「足立さんから強請られたことはありませんでしたか？」

「……それは、ありました」ぼそっと答える。

「でも一度だけです。その後海外に行きましたので。亡くなられたのでしょう」

「強請られた事実を誰かに話しましたか？」と一平。

伊藤は「錦織議員も強請られたのですか？」と尋ねた。

「それは知りません、聞いていません」

「話をされなかったのですか？　錦織議員と」伊藤が重ねた。

一平は美優の言葉を思い出した。この由希子が誘惑を？

「カジノ構想があるのですか？」

「えっ、カジノ構想って猿渡議員の？」顔色が変わって「今回の事件と関係があるのですか？」

そう言って惚ける由希子。

一平は口には出さなかったが、美優の推理が的中していることを肌で感じていた。

県警の見込みが間違っている可能性が高いと思い、美優の推理を確かめようと考え始めた。

「柏崎さんと錦織議員との仲が、深い関係になられたのはいつ頃でしょうか？」

「変な質問ですね、県警は芸能記者のようなことも聞くの？」

「いえね、私の妻がそのような話が好きでね」微笑みながら言うと「あなた、確か野平さんだったかしら？」逆に尋ねる由希子。

「そうですが？」

「奥さんが有名な美優さん？　そうでしょう？」急に笑顔に変わって尋ねる。

「そうですよ！」そう答えると「奥様は私のことをどのようにおっしゃっているの？」

「それはお答えできませんが、質問から察して頂きたいですね」

「判りました、お答えしますわ」

そう言って、錦織議員とは自分が女優の時から懇意にしていて、後援会のほうでも世話になっていたが、関係を持ったのは一度だけで、それが神奈川のラブホテルだったと答えた。付け加えて「運が悪かったのね。その一回がこのような事件に巻き込まれるなんて！」と言った。

桂木常務との関係も認めて仲間だと証言したが、その仲間がカジノ構想に関係しているとの公言は避けた。二人は的中していると確信し、自宅を後にした。

「美優さんの推理は、課長の意見とは真逆だったのですね」

車に乗り込むと伊藤が尋ねたので「課長の顔があるので、今暫くは内緒で頼む」一平は伊藤に頼み込んだ。

「確かに今回の事件は複雑で、判り難い部分が多すぎます。桂木常務を殺して得をする人は少ないですよね」

「柏崎由希子が言ったように仲間を殺す訳はない。特にカジノ構想は常務が亡くなって頓挫した。ある程度まで根回しをしていたので、口外できなくなったのは事実だろう」

「でも足立伸子が柏崎由希子を脅したのは、今日の証言で確実になりましたね」

「普通なら、由希子は直ぐに足立伸子の話を桂木常務に伝えるだろう？」

「桂木常務はお金を払ってでも取り戻すだろう？　事実百万が足立伸子の口座に入っていましたよね」

「その金は誰が出したのか？　桂木常務、柏崎由希子、錦織議員の中の誰か？」

「木南は誰に殺されたのでしょう？」

「残った二人のうちのどちらか？　でも常識的には錦織議員の可能性が高い。裏社会にもコネクションがありそうだ」

二人はそのような話をしながら県警に戻った。


自宅に戻り、一平が美優の推理が的中のようだと言うと「重要なことを調べるために金沢に行きたいのよ」と微笑みながら言う。

「金沢？　何それ？」

「実は武蔵小杉のマンションに家庭教師で来ていた学生は、金沢の人だったの」

「行かなくても、警察で捜せるだろう？」

「いいえ、どうしても実際に話を聞かないと判らないことがあるのよ」

「今頃の金沢って雪で大変だろう？」

「そう、そうなのよ、だから日帰りは難しい！　一泊！」

「えー、一人で一泊旅行に行くのか？」言いながら天井を指さす美優。

「えー、久美さんと行くの？」

「そう！　もう決めたの！　今頃久美さんも伊藤君にお強請りしているわ」そう言って微笑む。

二十六話

結局県警は決め手が見つかるまで、柏崎由希子を泳がす作戦にして、常に四人の刑事が交代で行動を見張ることになった。

木南殺害に関与した人物に、二人の関係者がいないかどうかも引き続き捜査されることになった。


話は九月に戻る――。

中国から戻った植野晴之は、月が変わっても再三に亘って桂木常務の携帯に連絡を入れた。桂木常務は聡子のことで何かを勘づかれたと懸念し、電話口に出ると「私は何も知らないが、もしかしたら元秘書の籠谷課長が何か知っているかも知れない、今は大阪本社の総務部次長だ」と答えてしまった。

植野晴之は自分を中国に留めるように指示をしたのが誰なのかは知らなかったが、日頃、聡子から聞いているのは桂木常務だけだったので真相を聞こうとしたのだ。ところが、全く予期していない人物の名前を聞かされて動揺する。

自分が戻っていることを絶対に聡子に言わないでほしいと頼み込む晴之。

まさか聡子が桂木常務の女だとは考えてもいない。

来年には日本に戻って聡子と結婚したいと考えていたので、自分の人事や仕事のことで聡子には迷惑をかけたくないと思っていた。秘書課長が人事を指示した人を知っている……。

桂木常務は電話を終えると籠谷次長に「植野が何か勘づいたようだ。中国から戻って来て君を捜している」と話した。

この電話は籠谷次長を震え上がらせる結果になってしまう。

電話を受けた籠谷次長は、もしかして堂本聡子が体調の異常を感じ、病院に行って手術のことを知り、植野に相談したのか？　そうであれば自分は殺されるのでは？

半ばノイローゼ状態になり、自分の近くに知らない男性が近づくと、極端に恐怖を感じてしまう。植野晴之の顔を全く知らないから恐怖は一層募り、毎日襲ってくる。

その植野が籠谷次長に電話をするという。籠谷次長はパニック状態に陥った。


話は戻って――。

数日後、美優は伊藤純也の妻久美と東京から北陸新幹線で金沢に向かった。

夕方には金沢の旅館に到着、荷物を置くと早速大村茂樹の年賀状の住所を尋ねた。

タクシーの運転手がナビで捜してくれて到着し、近所から大村と書いた表札を見つけた。

「取り敢えずここだと思うので入ってみよう」

もうしばらくすると暗くなってくる時間、北陸の冬は静岡に比べて日暮れが早い気がする。

年配の女性が出て来て、美人の二人を見ると、化粧品の販売と間違えて追い返そうとした。

美優が慌てて、昔、学生時代に家庭教師をされていた時のことを聞きたいのです、と説明する。

何故今頃になって昔の家庭教師のことを聞くのか？　怪訝な顔をされたので、仕方なく事情を話す。

「えー、茂樹が働いていたお宅の住所を犯人が書いていたのですか？　でも茂樹は関係ないですよね！　刑事さん！」二人を刑事と間違えて話す。

「何故、家庭教師なのですか？」

「犯人は家庭教師をしていた女性なのです。それで同じ仲間にそのような方がいなかったか、そのマンションで会わなかったかを聞きに来たのです」

「そんな話でしたら、本人に聞いて下さい。息子は今では嫁を貰って小松空港に勤めています」

「パイロットでしょうか？」

「いいえ、地上勤務ですよ！　明日は休みの日ですからいると思います。連絡しておきます」

住所を書いたメモを貰って大村の自宅を後にする二人。

翌日小松空港の近くの粟津温泉駅からタクシーで十分の場所、新築の住宅が建ち並んだ一角に大村茂樹の自宅があった。

「ここね」久美がタクシーを降りてから表札を捜し歩き、いち早く見つける。

美優が追いつくと「ここ……」と表札を見て身体が固まってしまった。

「どうしたの？　美優さん」美優の驚く視線の先には、大村茂樹の名前の横に少し小さく瑠衣と書いてあった。

「この名前よ！　品川のデリヘルで女性が名前を書いているの、その名前なのよ！」

「奥様の名前よね」

「もし名字が須藤なら、確実よ！」

気合いを入れてチャイムを鳴らすと、二十代の女性が返事をして招き入れた。

「警察の方ですか？」

「はい、奥様ですか？　旧姓須藤さんですか？」

いきなり旧姓を言われて驚き顔になって「何故ご存じなのですか？」恐る恐る尋ねる。

そこに奥から茂樹が「何かあったのか？」と出て来た。

「この刑事さんが私の旧姓をご存じだったので驚いたのです」

玄関先で話すのも困るので応接に上がって貰う。

ソファに座ると美優は、須藤瑠衣の名前を品川の風俗嬢が使って、住所は茂樹が家庭教師をしていた「メゾンむらさき三〇八号」だと説明をした。

二人は冷静さを取り戻し「私が宮本さんの家庭教師をしていたことを知っている人ですよね」

と尋ねた。

「たぶんそうだと思うのですが、心当たりはございませんか？」

「私が家庭教師で宮本さんのマンションに行っていたことは、ゼミの人なら知っていると思います」

「それでは須藤瑠衣さんをご存じの方は？」

「同じくゼミ関係の人なら全員知っていますよ」

「ではもうひとつ、宮本さんのマンションの前に小さなハイツ茜というマンションがあったと思うのですが、そこに住んでいた学生はご存じないでしょうか？」

「ああ、知っていますよ。初めて会ったのは同じ大学の一年生の時だったかな、でもお父さんが癌になったので二年生の時、マンションを引き払いましたよ。看病だと聞きました」

「その女性の名前は覚えていらっしゃいませんか？」

「名前ですか？　数回会っただけですから、思い出せませんね」

「そうでしたか、近所の方が親しそうだったと言われたので、お聞きしました」

「奥様のことはその女性はご存じでしょうか？」

「知らないでしょう！　知っている筈ありません」と強い調子で言う。

瑠衣がお茶を持って部屋に入って来ると、茂樹は必死に冷静さを装った。

二十七話

「知っているわね、凄く動揺していたから、何か心当たりがあるのよ」

「でも言いませんでしたね。何故でしょう?」

「でも顔が喋ったから、一応は来た甲斐はありましたよ!」

「えー、美優さんはそれで良いの?」

「はい、十分よ! 電話では絶対に顔色は判らないから、これで良いのよ」

久美にはさっぱり判らないことだが、美優には、あのハイツ茜に住んでいて茂樹と同じ時期に二年ほどで退居した学生は二人しか存在していなかったので、目星が付いたのだ。

目星が付いてもその女性が本当に「品川ゴールド」に勤めていたのか? そこまでは結び付かない。

かつみちゃんが、初島に桂木常務と一緒に行った同一人物だとは限らない。

まだまだ謎の多い事件だが、一歩前に進んだことは確かで美優は気分的に多少楽になっていた。

土産物を買って帰る二人は、道行く人が振り返るほどの美人。

一泊旅行を楽しんだ二人は夜遅く自宅に戻った。

美優は早速パソコンのデータを取り出して、該当の学生の名前を二人画面に出した。

小山淳子、千葉県の銚子。もう一人が横須賀の堂本聡子。名前と住所を見ながら、もし犯人なら問い合わせをした時点で逃亡、証拠隠滅の恐れがある。

美優の脳裏に、この二人に迂闊に警察の手を廻すと危険では？との思いがよぎる。
①二人のどちらかは、国立大学に通いながら風俗に勤めた。
②名前を須藤瑠衣と偽って、風俗で登録をした。
③少なからず大村茂樹と関係があり、妻の瑠衣を知っている人物。
④桂木常務がかつみに惚れていて、その後もかつみを女性同伴の時に使っていたら、この話は終わって意味がない。
⑤もう一つは、その後も同じかつみと付き合っていたとしたら余りにも長すぎる。
考えていると午前零時を過ぎた。一平が戻って来て紙に書いた美優のメモを見て「小山淳子、堂本聡子。初めて見る名前だが、金沢で何か見つかったか？」と尋ねた。

「この二人が大村茂樹、そして須藤瑠衣を知っている可能性が高いのよ」

「須藤瑠衣が見つかったのか？」

「驚いたら駄目よ！　大村茂樹の奥さんだったのよ」

「えー、繋がったのか？　この二人が大村夫婦と関係があるってことだな、明日早速聞いてみよう」

「待って。もしかつみさんなら、犯人の可能性もあるから警察が動くと証拠隠滅、逃亡の恐れがあるのよ。極秘に調べて二人のどちらかが風俗に勤めていた事実を掴めないかな？」

「課長にお願いして、俺が調べてみるか！」

「大丈夫なの？　課長の捜査方針に逆らうことにならないの？」

「実は課長の方針が行き詰まっているのだよ！　どうやら議員から圧力がかかったようで、錦織議員の周辺を調べることができないような雲いきだから、新たな証拠を準備する必要がある」

「流石は人民党の大物議員だわ、一筋縄では難しいわね」

「大村茂樹は認めなかったのか？」

「たぶん、この女性と関係があったのでは？　奥さんがいたから言えないのでしょう？」

「認めると夫婦の危機になるか？」

「そうね、奥さんたぶん今妊娠していると思うから、刺激することを避けたのでしょう」

翌日一平は早速佐山に相談して、横溝捜査一課長に単独行動許可を申し出た。

「確かに、ここでかつみという女が現れると、桂木常務の行動のすべてが判らなくても大部分は掴めるな」

そう言って抵抗なく許可をする横溝捜査一課長。自分の捜査方針が揺らいでいるから、何か大きな進展に結び付く足がかりが欲しいのは事実だった。

「一泊二日で何が見つかるか判らないが、とにかく許可を貰った」

早速自宅に帰って着替えを準備し、一平は横須賀と千葉に向かった。

「写真が手に入れれば、森繁さんに見て貰えるわ」車で静岡駅まで送って行った美優が言う。

美優はこの二人をどのようにして捜し出したのだろうか？　新幹線に乗り込むと急に気になり始める。

まさか小さなマンション「ハイツ茜」の住居人リストをすべて調べたのか？　始めは遠方の渡辺操（島根県）、工藤香奈（秋田県）、大木志保（北海道）だったが、違ったので近辺の女性に絞ったのか？　考えているといつの間にか居眠りをして東京駅に着いてしまい、必然的に千葉から調査することになってしまった。

美優は、大村茂樹とかつみを名乗った女性は付き合いがあったが、須藤瑠衣のほうに茂樹の心が移って振られ、そのことが絶えず頭に残っていたので、風俗に身を落とした腹いせに彼女の住所を使い名前も使ったと考えていた。

ハイツ茜に住んで、家庭教師に来ていた大村茂樹と親しくなったが、須藤瑠衣はもしかして、茂樹が話していた父親の癌のための看病ではなくて、風俗に働きに行っていた？

美優は大村茂樹の自宅ではなく勤め先に電話をして、確かめることにした。

自宅では瑠衣さんの手前喋らないことも、喋るかも知れないと思ったからだ。

迷惑そうに電話に出た茂樹は「まだ何か御用でしょうか？」と言う。

「癌のお父さんの看病に実家に戻った女性のことですが？」

「名前は忘れたと言ったでしょう？」

「名前も住所も教えて頂かなくても結構ですが、一つ教えてほしいの！」

「何でしょうか？」

「彼女もしかして、風俗のバイトを始めたのでは？」

「違いますよ！　風俗なんてしていませんでした。渋谷のスナックに……」と、言ってしまった途中で話を止めてしまった。

「ありがとう！」美優は聞きたいことを聞いたので直ぐに電話を終えて、一平に渋谷のスナックに勤めていた事実を確かめてほしいと連絡をした。

大村茂樹の元彼女がかつみだとの確証はないし、初島に行ったかつみが同一人物だとは限らない。しかし、少なくとも見つければ桂木常務との接点は判明すると思う美優だ。

二十八話

夕方になって一平は連絡を入れた。

「小山って女性がかつみかは判らないが、渋谷のスナックで働いていたようだ」

「そうなの？」

「去年東北の人と結婚して、子供が生まれたらしい」

「風俗で働いた経験は？」

「それはまだ判らない。この女性かな？」

「学校は何処？」

「横浜の私立らしいが、噂だから確証はない。どうする？」

「その人は違うと思う。もし桂木常務と関係があるなら、お腹の大きい時に初島ってことになるから」

「美優は一連のかつみが同一人物だと思っているのだな！」

「その可能性が高いわ！　横須賀の堂本さんのほうに行って」美優の決断は早かった。

もし堂本聡子が該当しなければ、自分の推理が間違っていたことになる。

そうなったら、この事件は何処から手掛かりを捜せば良いのだろう？　不安が脳裏をよぎった。


去年の十月に戻る——。

大阪の東南物産本社の総務部に無言電話が度々あり、籠谷次長は完全にノイローゼ気味になっていた。そのマンションへ植野が現れて呼び出した。

会うと同時に怯えて「私は何も……。指示をされたから仕方なく……。詳しい話を聞くなら瀬戸頼子に聞いて下さい」

「それは誰だ！」

「東京の病院の看護師よ。その女も強請ってきたのよ！　もしかしたら彼女に話したかも知れないわ」

意味不明の話に晴之は「何を喋っているのだ？　誰かが病気になったのか？」

「病気じゃないわ、妊娠でしょう？　だから私は命令されただけよ！　気の毒だとは思うけれど私も命令されたから仕方なく連れて行ったのよ！」

「妊娠って？　誰が妊娠したのだ！」

「えっ、誰って？　彼女でしょう？」

晴之は、東南物産の誰の指示で自分の上海での仕事が長引くのか、もう一年も何故延ばされたのかを尋ねたのに、妊娠の話になったので全く意味が判らなかった。

彼女と言われて「聡子？　堂本聡子が関係しているのか？　何故だ！　僕の転勤に関係しているのか？」と胸ぐらを捕まえて恐い顔で詰め寄る。

「桂木常務と男女の関係……」

掴んだ胸ぐらの手の力が抜けて放心状態になる晴之。

しばらく考えて「その看護師の女って、何処の病院だ！」

「池袋の釜江婦人科だけど、もう辞めているわ。これが連絡先よ。詳しいことが聞きたければこの瀬戸頼子に聞いて！　私は常務の命令で病院に連れて行っただけよ！」

「だが、お前も同罪だ！　近日中に結論を出す。それまで念仏でも唱えて待っておけ」

晴之はこの時、桂木常務が聡子を強姦して妊娠させてしまって、その処理を籠谷次長にさせたと理解した。

桂木常務を殺したい気分になったが、取り敢えず瀬戸頼子に連絡をして、事情を聞きたいと思った。

大手商社の重役のスキャンダルが金になるのか？　それともほかに強請る材料があるのか？　翌日晴之は東京に戻った。秘書の聡子に手を出し、強姦して妊娠させ、その子供を始末させるなんて許せない。殺したいほどの憎しみが募る。

しかし、自分の上海転勤期間を延ばすこととは直接関係がないように思えた。

晴之は聡子に連絡をしてホテルで会うことにする。

「何か僕に隠していることはないか？　上海支店にもう一年延長になった。東南物産の桂木常務の指示らしい」身体を求めることはしなかった。

「……」恐い顔の晴之に、聡子は何も答えられない。

「もう一つ知ったことがある。大阪の籠谷次長にすべてを聞いた。詳しい話をこの人に聞けとメモを貰った」差し出す晴之の手が震えている。

その言葉に身体が震え始める聡子。もう泣き崩れるしか術がなかった。

「説明してほしい」

しばらく泣きながら考えて「何故、この瀬戸さんの連絡先が？」

「強請に来たようだ」

「強請？」それだけ呟くと考え込んで「一日待って！　すべてを話すから。私も何故この看護師さんが次長を強請に行ったのかが気になるの。でも信じて。晴之さんの子供は育っていなかったの。常務の子供じゃないのよ！　信じて！」

必死に訴える聡子に晴之は尋ねる。

「僕の子供を何故？」

「診察に行って母子手帳を貰おうと思っていたの。もし貰えたら晴之さんに報告する予定にしていたのに、育っていないと言われて堕したの！　ごめんなさい」

その後は沈黙が続き、時間だけが過ぎていった。


翌日意を決して、晴之は瀬戸頼子に籠谷次長の弟だと偽り、姉の代わりに条件を聞きに行きたいと話した。

頼子は、東南物産の常務に直接面識はないが、籠谷次長の名前と顔を知っていたので話に行ったと打ち明け、常務から口止め料五十万を貰ってほしいと晴之に頼んだ。

「大会社の常務が社員を妊ませたくらいで、口止め料は取れませんよ」晴之は鼻で笑った。

「そうなの？　でも自分の子供ではないのに、堕させるのは犯罪ですよ」

「育っていなかったので、仕方がなかったのでしょう？」

「弟さんって言ったけれど、随分離れているわね」全く違うことを言って晴之の顔を見る。

「姉は父の連れ子ですから、私の母は後添えです」

「そうなの？　何も聞いていないのね。お姉さん話さなかった？」

「僕は詳しい話は聞いていません。瀬戸さんの条件を聞いて来るようにとだけ、もちろん交渉もですが！」

「子供が育っていない？　それは嘘の話よ！　常務はあの子が気に入っていて、妊娠すると困るから始末をさせたのよ。私は先生との話を聞いたのよ！」

「えっ、子供は育ってた？」

「そうよ、元気で育っていたと思うわ。あの娘さん母子手帳が貰えると思って病院に来たのに、中絶手術されて、二度と子供が産めない身体にされてしまったのよ」

「……」放心状態で愕然とする晴之。

「どうしたの？　顔色悪いわよ！　卵管を切られてしまったから、もう子供が産めないわよね。可哀想よ、あの子知らないのよ……」頼子の言葉が遠くに聞こえる。

明日どのような顔で聡子に会えば良いのか？　ショックが大きく、何も考えられない状態だった。

二十九話

翌日、顔を見るのが辛かったが、聡子も覚悟を決めてすべてを話したいと請うので、ふたりは会うことにした。

ホテルで顔を合わせると、既に聡子は目を真っ赤に腫らして「ごめんなさい！」と謝った。

晴之の目にも涙が溢れ、何も言えずにいきなり抱きしめた。

「もう何も言わなくてもいいよ！」との晴之の言葉を遮って「私晴之さんのことは大好きなの。でもこのようなことになってしまったので、今日でお別れします。今まで騙してすみませんでした」泣きながら謝る聡子。

泣き声で話し始めると「お父さんが癌になってお金が必要になって、風俗で少しの間働いたの。その時のお客が桂木常務で、加山って名前を使って風俗で遊んでいたの。就職して東南物産の秘書室に入って初めて判ったのだけれど、お父さんの仕事も、お兄ちゃんの仕事も、晴之さんの仕事も、全部桂木常務にコントロールされていたの。風俗の時には本番行為はしていなかったのだけれど、秘書になって肉体関係を強要されたわ。拒否すると全員の仕事がなくなるって言われて、仕方なく従ったの。でも二年待てば晴之さんが帰って来るから、それまでの我慢だと思っていたの。妊娠を知って嬉しかったわ。来年には三人で暮らせると思っていたのに、育っていなかっ……」気丈に話した聡子も流石に泣き崩れてしまった。

「もういいよ！　判った！　もう話さなくてもいいよ！　でも桂木常務は許せない！」恐い顔になる晴之。

「私、もう会社も辞めて、晴之さんともお別れするわ」

「そんなことを言わないで、一緒に桂木常務に復讐をしよう！　世の中の敵だ！　生かしてはおけない！」

晴之の気迫に圧倒されそうになる聡子。

そう言うと、絶対求めないだろうと思っていた身体を求めてきて唇を寄せる。

「俺が聡子の仇を討ってやる」

晴之の意外な態度に、戸惑いながら身体を許してしまうと、もう止まらない二人。

久々の関係の後、晴之は「僕、柳井工業を首になった」とポツリと言った。

「えー、それって常務の差し金？」驚きの表情で尋ねる聡子。

「僕を日本に帰さないと……」

「そんな、約束が違う！　私抗議します」

「言葉が通じる男ではない、鬼だ！　人間の屑！　生きる価値ない！」

恐い口調で罵る晴之に怖さを感じてしまう聡子。

自分の彼女を寝取られた悔しさなのか？

「私直ぐにでも会社を辞めるわ、私も我慢できない」

「辞めないで欲しい」晴之は意外な言葉を口にした。

「えっ、もう私は耐えられない！　晴之さんへの仕打ちを聞いてもう我慢ができないわ」

「桂木常務への復讐のために、もう少しの間我慢して勤めてほしいんだよ」

「えっ、本当に復讐をするの？」

「もちろんだよ！　このような卑劣なことをする男を許しておけない！」

「そこまでしなくても、彼の目が届かない場所に行けばいいじゃない？」

「僕、僕達の子供を殺されたのだぞーー！　それでも許せるのか！」大声で急に泣きながら放った言葉は、聡子の耳に木霊のように聞こえた。

「知っているか？　病院に連れて行った功績で籠谷は大阪本社の次長になっているのだ！」

「……」放心状態の聡子。

流石に手術の話はできない晴之。

「それって、子供が殺されたってこと！」怖々尋ねる聡子に、頷く晴之。

急に声を上げて泣き始めた聡子は、もう泣き止められず、晴之が抱きかかえたまま泣き疲れて眠るまで涙を流し続けた。

翌朝「殺しても許せない！」鬼の形相に変わった聡子は、晴之の計画通りしばらく様子を見ることに同意した。しかし、普通に桂木常務に接することができるか、自信はなかった。


聡子の危惧は翌日の桂木常務の慌てようで消え去った。

「大変だ！　静岡のラブホテルでボイスレコーダーを忘れてしまったらしい」

「えっ、例の柏崎由希子さんがですか？」

「ラブホの清掃員が、盗聴していたらしい！　あの女優、自分が置いた盗聴器と違うほうを持ち帰ったらしい。そちらのボイスレコーダーにはほかの話も入っているが、彼女の持ち帰ったボイスレコーダーには、ラブホの盗聴だけだ！　困った！　早速百万要求された！　私が出て行く訳には行かないので、堂本君済まないが今日夕方静岡で百万を渡して、取り返して来てほしい」慌てた桂木常務の顔を見てほくそ笑む聡子。

早速復讐の機会が訪れたと、晴之にことの成り行きを連絡する。

晴之には何が起こって慌てているのか判らないので、静岡までレンタカーで送るから説明してほしいと言われる。

適当なことを桂木常務に話して早い時間から本社を出るが、何も言わない常務。

ボイスレコーダーの中には、錦織議員との密約が入っている。困り果てた桂木常務は聡子の行動を感知するほどの余裕はなかった。

柳井工業上海支店の支店長は、植野晴之が退社した事実を桂木常務には連絡していなかった。人事に口出しされて面白くなかったので、晴之が退社したことでもう何か言われることはないと喜んでいたのだ。


レンタカーで迎えに来た晴之は聡子が乗り込むと同時に「運が向いて来たな！　早速面白くなってきた」と声をかける。

「ラブホで何があったのだ？」早速尋ねる晴之。

「人民党の錦織議員と柏崎由希子の不倫よ！」

「えー、あの元女優の参議院議員だよな！　もう一人は幹事長だったな？」

「元ね、でも大物議員よ！　桂木常務が進めるカジノ構想に口利きをして貰うために、柏崎由希子に昔からご執心の錦織議員に人身御供で差し出したのよ」

「悪い桂木の考えそうなことだな」

「交換条件に賄賂と柏崎由希子を進呈したのよ！　それで密会の証拠をボイスレコーダーに残すために由希子に持たせたの。でもラブホの清掃員のグループが盗聴のために同じように仕掛けていたのよ」

「それで間違えて、持ち帰ったってことか？　運が付いているな」嬉しそうな晴之。

だが二人とも心の中は憎悪で煮えたぎっていた。

三十話

夕方静岡の梅林公園の近くで足立伸子と会った聡子は、百万の現金を手渡し「証拠を残しておくと後々役に立つから、一度口座に入金しなさいね」と言った。

「あなた変なことを言うわね、何が狙いなの？」不思議そうに辺りを見廻す。

「心配いらないわ、私も桂木常務を毛嫌いしているのよ」

「何を話しているのか意味が判らないわ」

その時「教えてあげよう！」そう言って近づく晴之に「騙したの？」逃げ腰になる伸子。

「違うわよ、私達恋人同士だったのに、桂木常務に引き裂かれたから復讐を考えているのよ！あなたにもっと頑張って貰いたいのよ」聡子が伸子に言った。

「そうですよ、百万と言わずにもっと沢山奪って下さい、手伝いますよ」晴之も同じように言う。

変な申し出を受けてしまって逆に戸惑う伸子。

「ボイスレコーダーのコピーがあることにして、また近い日に脅迫して下さい！　これは取り敢えず貰っておきます」

「なくなったらコピーできませんし、操作の方法よく判らないわ」

「でしょう？　だから必要ないのですよ、コピーがあるように話せば十分です。私達が作って脅しの材料は準備しますから安心して下さい！　五百万は頂けますよ」

「そうなの？　あんたら信用していいのね！」

「既に百万貰っているでしょう？　後は私達に任せればもっと貰えますよ！　携帯番号教えて下さい、連絡を密にしましょう！」

伸子は話を信用して携帯番号を交換し、百万を貰って上機嫌で帰って行った。

数日後伸子はこの話を知り合いの木南信治に喋ってしまう。


ボイスレコーダーを手に入れた二人は静岡からの帰り道、録音のコピーを作るため家電量販店に入り機材を購入した。

夜遅く聡子は桂木常務が待つ料理店に出向き、何食わぬ顔で渡す。

「流石に堂本君は頼りになる」喜んで身体を求めようとする常務。

「緊張したのが原因でしょうか？　予定外の生理になってしまいました」と拒否する聡子。

「そうだろう、そうだろう、緊張をするのがよく判るぞ！　今夜はゆっくり休みたまえ。ご苦労だった」そう言って上機嫌でタクシーのチケットを手渡し、横須賀まで帰るように言った。

晴之は翌日足立伸子に、ボイスレコーダーをコピーした物を渡して信頼を得ていた。

こうして晴之と聡子の復讐は始まった。


数日後再び柏崎由希子を脅迫する晴之。

もちろん名前は足立伸子として、今度は五百万を要求し、電話には柏崎本人の肉声を流して震え上がらせた。

早速柏崎由希子は桂木常務に相談をした。

その様子は直ぐに聡子から晴之に伝わる。

翌日、桂木常務は聡子を呼んで「これは昔取引先に貰った青酸カリだ！　これを使って足立伸子を殺害したいので手伝ってほしい」と言った。

もう足立伸子を殺す以外にボイスレコーダーの秘密を消し去ることはできないと思ったのだ。

「……」

「堂本君は足立の信頼があるようだから、必ず成功する」

「そんな恐ろしいことはできません」断る聡子に「これが成功したら、直ぐに彼氏を係長として本社に呼び戻してやろう。そして結婚祝いに五百万出そう！　どうだ？」と説得した。

「一晩考えさせて下さい」聡子は桂木の申し出を晴之に相談しなければ、即決はできない。

桂木の耳に晴之が退職したことは聞こえていないのか？　人の人事を勝手に指示するのに、退職を知らない桂木に腹が立つが、我慢、我慢と言い聞かせて、薬の小瓶を受け取って本社を出た。

晴之に見せると目が輝いて「これで桂木を始末できる」と喜んだ。

しかしこのような薬を渡す桂木は余程聡子のことを信頼しているのだと、改めて驚くと同時に本当は聡子を愛している？と嫉妬を感じる晴之だった。

だが、この青酸カリを手に入れたことは、二人には格好の殺害手段を与えることになった。

「この量は数回分、大人が数人殺せるらしいわ。失敗した時の予備だと話していたわ」

「これで足立伸子を殺そう！」

「えっ、足立さんには恨みはないわ！　殺さなくてもいいでしょう？」

「桂木を殺すためには、足立を殺して安心させた時しかチャンスはない！　チャンスは一度だ」

「でも……」

「もう僕も聡子さんも死んだのだ！」晴之は自分の決意を話す。

自分達の子供を殺されたことが憎いのは判るが、晴之の並々ならぬ決意に圧倒されてしまう聡子だった。

ボイスレコーダーの中には、柏崎由希子が神奈川のラブホテルで錦織議員と密会したすべてと、カジノ構想に尽力してもらった時の御礼の会話が録音されていた。

そのボイスレコーダーには、桂木常務と錦織議員との談合、密約の話も一緒に録音されていた。

桂木常務が柏崎由希子に聞かせて、由希子を説得して錦織議員と一夜を共にさせたのだった。

神奈川郊外の高級ラブホテルに決めたのは、車のまま入室ができて便利だったことと、錦織議員は時間的に宿泊が不可能で、自宅に帰らなければならないためだった。

そのラブホテルでは、足立伸子達が数人で組んで盗聴を行っていた。

足立の知り合いの女性がボイスレコーダーを仕掛けて、足立がその器具を回収するのがその日の役割だった。

だが回収した器具がいつもの物と違っていて変に思い、内容を聞いてしまったことが悪戯気分の足立伸子を不幸に陥れてしまった。

桂木常務は自分が渡したボイスレコーダーと異なるのを直ぐに気付いてホテルに確かめた。しかし、足立伸子は持ち去った後だった。

柏崎由希子は初めて使うボイスレコーダーで自分の密会の様子を録音することに戸惑いを感じていたので、慌てて別のボイスレコーダーを持ち帰ってしまったのだ。


晴之は看護師の瀬戸頼子から真実を聞いて、再び籠谷次長に執拗に電話とメールを繰り返し、ついには自宅に手紙と一緒に薬を送りつけた。

それは中国で知り合いの薬局から手に入れた違法な睡眠薬だった。

晴之は一行「悪いと思うなら、これで永遠に眠りなさい」と書いていた。

三十一話

話は戻って――。
翌日一平は美優に聞いた横須賀の堂本聡子の自宅付近に行く。

「この辺りに堂本さんってお宅ありませんか?」知っているのに近所の主婦に尋ねる一平。

二月下旬の昼間で寒いので、住宅街の人通りは極端に少ない。

「あー、堂本さんなら、次の角から二軒目の家ですよ」

「すみません、ありがとうございます。ところで娘さんいらっしゃいますよね、聡子さんでしたか?」一平の質問に変な顔をする主婦。

「あなた、保険屋さん? 警察?」尋ねられて「保険屋です」と答える一平。

「保険金出るのですか? 出ないって聞いたけれど。病気じゃあないでしょう?」

「はい?」不思議そうな顔をする一平。

「娘さん去年亡くなったから。今頃調査ですか?」

「えっ」驚いて声が出ない一平。次の質問ができずに「いつでした?」と口走ると
「保険屋さんが知らずに調査に? 変な保険屋さんね、秋だわ。九月か十月だったわ」

「えっ、九月か十月ですか?」そう言うと女性は一平を変な人だと思ったのか自宅に入ってしまった。

「美優! 堂本聡子はいないよ!」そう言って電話をする。

「いないって?」

「亡くなったって、近所の奥さんが話してくれた」

「いつなの？」

「去年の九月か十月だって」

「えっ、じゃあ桂木常務より早くに亡くなったの？」

「そうなるから、事件とは関係ないようだな」

「そうなの……」落胆の溜息が電話口に聞こえる。

「もう少し詳しく調べるか？　直接自宅に聞きに行くか？」

「関係がないのなら、聞かなくてもいいのでは？　思い出させるだけでしょう？」

結局一平はそれ以上のことを聞くのを躊躇い横須賀を後にした。

近所の叔母さんの記憶違いが、美優の推理を大きく妨げていた。


一平が遅い時間に自宅に戻ると美優が頭を抱え込んでいた。

「どうしたの、難しい顔をして？」

「須藤瑠衣が何処にもいない？　それがこの事件を判らなくしているのよ！　あのピックアップした二人が関係ないなら、もう最後の手段ね！」

「最後の手段って？」

「大村茂樹を脅すのよ！　参考人として県警に来て貰うかも知れないと脅すの。それしか須藤瑠衣を捜す方法がないのよ」

「俺に嘘の電話を？」そう言うと大きく頷いて笑顔で、頬にキスをする美優。

翌日一平は大村茂樹の会社に電話をすると、妻には絶対に内緒でお願いしますと断って「横須賀の堂本聡子さんです」と答えた。

「えー、大村さんがお付き合いされていたのは、堂本聡子さんで間違いないのですね」

「はい、一年程の付き合いでしたが、お父さんが大腸癌を発症されて、彼女水商売をしながら学校に通っていました。忙しくて会う機会も減って自然に別れてしまいました」

「堂本聡子さんは亡くなられています。ご存じでしたか？」

「えーーー」今度は大村茂樹が絶句した。

一平は「その後の彼女のことはご存じでしょうか？」

「いいえ、私が瑠衣と付き合い始めたのもあって、話もしませんでしたし、マンションを引き払って会うこともなくなり、自然消滅です」

「深い付き合いでしたか？」

「……は、い」と躊躇いながらも認める茂樹は「彼女病気ですか？」

「それは判りません、私も亡くなったことしか知りませんので、これから調べる予定です」

「先方のご両親によろしくお伝え下さい」流石に大村茂樹も元気がなく話を終えた。

一平は、電話を切ると直ぐに美優に伝え、その推理力に改めて感服した。

「至急、彼女がいつ亡くなったか？　原因は？　事故？　病気？　仕事は何をしていたのかを調べて頂戴！　一気に事件が解決するかも知れないわ」矢継ぎ早に話す美優。

美優の頭の中に仮説の推理が纏まりつつあったが、まだ正確には繋がってはいない。
①堂本聡子がかつみで、風俗品川ゴールドに勤めていた。
②桂木常務は加山と名乗って、堂本聡子に会った。
③初島に宿泊したのも桂木常務と堂本聡子の可能性がある。
④堂本聡子も桂木常務も亡くなって、足立伸子の死の真相は不明。
⑤初島カジノリゾートに関連した事件に間違いはない。
美優は堂本聡子の死因に注目していた。


夜になって一平が「美優！　大変なことが判ったぞ！」そう言って帰って来た。

「どうしたの？　何か進展した？」

「堂本聡子は桂木常務の秘書だった」

「えー、東南物産の秘書になっていたの？　品川ゴールドの須藤瑠衣＝かつみも同一人物？」

「それは明日森繁さんに、この写真を見て貰えば判るかも知れない」一平が写真を携帯から見せた。

「この写真は東南物産の時の写真ね」

「前に東南物産に尋ねた時、もう一人秘書がいるとは言ったが、具体的に話さなかったのは、既に亡くなっていたからだったのか」

「死因は？　いつ？」

「死因は睡眠薬自殺、時期は桂木常務が亡くなって直ぐだよ！　足立伸子が死ぬ一日前だ！　正確には朝起きてこなかったので、前日に睡眠薬を飲んだと思われる」

「それなら、桂木常務は殺せたのね！」

「理屈は合うな！　でも桂木常務を慕っていて、常務が亡くなってショックで発作的に死んだのかも？」

「私は品川ゴールドのかつみも、初島のかつみも同一人物だと思うわ」

「明日初島の民宿鳴海屋の柴田さんにも、この写真を見て貰う予定だ！　同一人物なら秘書と深い関係だったことになる」

「明日、大きく進展するわね！　でも足立伸子さんの殺害は誰だろう？　遺書とかはなかったの？」

「『お父さん、お母さん！　ごめんなさい！　もう生きて行けません。　聡子』だけだったらしい」一平は寂しそうに言った。

三十二話

「自殺なら、司法解剖もないわね」

「一応行政解剖で調べたらしいが、不自然なことは全くなかったので、若い女性の突然発作的な自殺で処理されていた」

「何か不自然なことはないの？」

「気が付かなかったけれど、取り寄せてみるか？」

「貰って来て、読んでみたい」美優はどうしても、桂木＝加山＝聡子＝かつみが気になって仕方がなかった。


翌日県警では手分けをして、堂本聡子の写真を持って、初島と森繁の仕事場に向かった。写真を見た森繁は直ぐに「この子がかつみちゃんで間違いない」と証言した。

午後になって同じく民宿鳴海屋の柴田も「この子だよ！　間違いない」そう言って他の従業員にも見せて確認をしていた。

リゾートホテルから飛び込んで来たのと、異質のカップルだったので記憶に残ったと全員が証言した。


夜になり緊急捜査会議では、横溝捜査一課長が自分の捜査方針とは異なる結果に陳謝した。
①堂本聡子は東南物産で、桂木常務の秘書をしていた。
②短期間父の癌闘病のために風俗で働いていた。
③かつみという源治名で勤めて、桂木常務と知り合い、その口利きで東南物産に就職。
④桂木常務の秘書兼愛人として、桂木常務と過ごしたが常務が亡くなったので、後を追って死んだと思われる。
⑤桂木常務、堂本聡子、足立伸子の順で亡くなっているが、桂木常務と足立伸子は青酸性の毒物、堂本聡子は自宅で眠るように亡くなっている。
「以上の死体の状況から考えて、桂木常務と足立伸子は同一犯の犯行、堂本聡子は自殺で間違いないだろう」横溝捜査一課長が発表した。

「木南信治は全く犯人が違うということですね」

「そうだ、木南は暴力団に殺された可能性が高いので、引き続き先生方の動向を注視してくれ」

「桂木常務と足立伸子を殺したのは誰なのでしょう？」

「我々の前に姿を見せていない人物がいるということだな」

「もう堂本聡子は調べる必要はないですね」

「彼女は父親の病気のために風俗で少しの間働いて、その後東南物産の秘書課に勤め、歳の差はあるが桂木常務に可愛がられたということだろう？　常務が殺害されて失望したのだろう。考えれば不幸な女性だな」横溝捜査一課長はしんみりと言った。

だが、夜中に一平が帰ると堂本聡子の行政解剖の資料を見て美優が「変ね！」と呟いた。

「どうした？」

「この睡眠薬の成分何処かで見たような気がするわ」

「昔の事件でか？」

「違う、最近よ！　最近見た資料の中にあったわ？　何処だったかしら？」

一平が持ち帰った資料を捜し始めた美優が、しばらくして「これと同じだわ！」

「どれだ？」資料を見ると、大阪に転勤した本社の秘書課長、籠谷次長の自殺の資料だった。

「これと同じ睡眠薬よ！」

「桂木常務が二人に渡したのかも知れないぞ！」

「でも古い成分の睡眠薬でしょう？　そのような物を持っていると思う？　古い薬は飲まないでしょう？」

「そりゃ、そうだけれど、青酸カリは古い物を持っていた」

「睡眠薬と青酸カリは違うわよ！　明日そのような物を持っていたか桂木常務の自宅に確かめてみて」

一平が眠っても美優は資料を見て、調べを続けていた。
①東南物産、元秘書課長、籠谷次長は大阪の自宅で睡眠薬自殺、桂木常務の亡くなる少し前。
②桂木常務の愛人兼秘書、堂本聡子は常務の亡くなった翌日、同じく睡眠薬で自殺。
③桂木常務は缶コーヒーで、青酸性の毒物を飲んで死亡。
④三日後、足立伸子も青酸性の毒物のお茶で死亡。
⑤数ヶ月後木南信治は、海に投げ込まれて死亡。
考えながら眠ってしまった美優を翌朝、イチの鳴き声が起こす。

「一平ちゃん、この半年位で睡眠薬か、青酸性の毒物で殺された事件ってほかにある？」

「それは判らない、管轄が違えばお互い連絡はしてないから、判らないだろう？　特に自殺の場合は判らない」

「同じような睡眠薬の自殺がないか、調べてほしい！　籠谷次長が亡くなった時期から後」

「美優は何を考えているの?」眠そうな顔で尋ねる一平。

「私はカジノ構想の贈収賄事件に絡んだ別の事件が隠れているような気がしているの」

「横溝捜査一課長は、錦織議員と東南物産の間の贈収賄が引き起こした事件だと思っている」

「確かにそれが根底にあるのだけれど、それなら桂木常務は殺されることはないと思うのよ」

「課長は、堂本聡子は後追い自殺だと決めているよ!」

「確かに、風俗で知り合った大企業の重役に引き立てて貰ったようには見えるけれどね」

「四年程付き合っているし、初島以外にも沢山遊びに行ったようだ」

「調べたの?」

「白井達が、熱海とか伊豆の温泉場にも行ったことを調べている。加山かつみで宿泊している」

「それが課長の決め手なのね! 自宅に聞き込みに行ったの?」

「行ってない、行き難いからな! 娘さんを失った悲しみは大きいからね」

県警に着くと一平は全国の半年以内の自殺で、睡眠薬で亡くなった人を調べて貰うように頼み込む。

「野平さん、今睡眠薬で自殺はできませんよ」

「そうだよな。今の睡眠薬は自殺不可能だったよな」

「でも先日二人も死んでいるから、ほかにもいるのかと思ってね」

「調べてみるけれど、たぶんいないと思いますよ」小寺刑事が調べ始める。

昔の睡眠薬は、バルビツール酸系（Barbiturate、バルビツレート）、鎮静薬、静脈麻酔薬、抗てんかん薬などとして中枢神経系抑制作用を持つ向精神薬の一群である。

構造は、尿素と脂肪族ジカルボン酸とが結合した環状の化合物である。

それぞれの物質の薬理特性から適応用途が異なる。

バルビツール酸系は一九二〇年代から一九五〇年代半ばまで、鎮静剤や睡眠薬として実質的に唯一の薬であった。

三十三話

美優は古い睡眠薬＝違法睡眠薬の可能性も十分考えられると思い始めた。

桂木常務の自宅で尋ねた結果、そのような薬は持っていなかったと報告を受けたからだ。

それなら違法な薬を桂木常務が最近手に入れたのだろうか？

少なくとも堂本聡子も、籠谷次長も側にいた人間だ。

桂木常務の人脈なら、違法な薬を手に入れることは簡単かも知れないが、青酸カリを持っているのに、睡眠薬で殺すだろうか?


夕方になって一平の元に、山戸元という五十代の男が同じ睡眠薬で昨年十一月に亡くなっているとの連絡が入った。

住まいは上板橋、職業は医師、新宿の雑居ビルの中で、小さな婦人科の診療所を開いていた。

「この人ヤマトレディースクリニックの先生ですね」小寺刑事が説明をする。

「自宅で?」

「いいえ、都内のホテルで死んでいたようです。遺書が残っていたので自殺となったようです」

「理由は何だ?」

「違法な中絶手術を行っていたようですね、歓楽街の中ですから病気か手術が多かったのでしょう?」

「それなら、儲かっただろう?」

「失敗をしたのでは?　暴力団に追われていたようなことも調書には書いてありました」

「この一人だけだったのか?」

「はい、ほかにはありませんでした」

夜、美優に話すと「これで睡眠薬で亡くなった人が三人だわ、何かある！」と断言した。

だが翌日、県警の捜査とは関係なく、毎朝新聞の見出しが大きく躍った。

「カジノ構想で贈収賄！　元人民党幹事長錦織議員と、東南物産の間で熱海、初島カジノリゾート構想！」

これが大ニュースになり、捜査二課が動き始める。

警視庁二課の管轄になって、ますます静岡県警捜査一課の出番がなくなる。

昨日毎朝新聞にＵＳＢメモリーが送られ、そこには桂木常務と錦織議員の会話が録音されていた。

地元の猿渡議員の名前も話の中に登場しているので、二課が早速警視庁の指示で猿渡議員の事務所に向かった。

錦織議員が熱海の廃業した旅館の跡地を安価で譲り受ける話もあり、相手の桂木常務が殺されていることも重なり、報道は政界のスキャンダルと殺人事件を大きく取り上げた。

だがそれだけでは収まらなかった。翌日、今度はスクープ週刊誌に柏崎由希子と錦織議員の不倫盗聴ＵＳＢが送り届けられ、さらに報道に拍車が掛かってしまった。

当然、柏崎由希子の事務所にも二課の捜査が及び、混乱に輪をかけた。

テレビは元女優の不倫騒動と大騒ぎになっていた。


自宅で一平と美優は事件のことについて話し合っていた。

「遂にボイスレコーダーを持っていた人間が行動を起こしたわね。少なくとも錦織議員には渡っていなかったのね」美優がますます混迷を深める事件に驚く。

「足立伸子のボイスレコーダーを誰が手に入れたのだろう?」

「少なくともお金に執着心のない人物ね。これだけのスキャンダル、人民党に持って行けば相当な金になるわよ!」

「目的は何?」

「恨み! 少なくとも錦織議員達に、相当な恨みを持っているか、東南物産に恨みを持っている人だわ。この事件で東南物産は政府の入札から除外されるわね」

「あらゆる事業に首を突っ込み、帳合いで儲けるのが商社だから、相当手痛いことになるな!」

「木南も錦織議員を強請って、お金を取ろうとしたことは確かだからね。元のボイスレコーダーは誰が持っているかわからないけど、毎朝新聞という大きな新聞社と、スクープ専門の週刊誌に送りつけるなんて、なかなかしゃれたことをして、犯人は若いのではと思っているのよ！」

「錦織議員も、柏崎由希子も終わりだな」

「人民党のカジノ構想も頓挫する可能性があるわ」

「それからあの睡眠薬だけれど、あれから色々調べて、中国で数年前違法に作られた物に成分が酷似していることが判ったよ」

「桂木常務なら手に入れることは可能だわね、山戸さんと桂木常務の接点はないの？」

「元ヤマトレディースクリニックで働いていた看護師が見つかったので、明日聞き込みに行く予定だ」

「管轄が違うのに大丈夫なの？」

「その看護師は病院が閉院になって、地元の焼津に戻って町医者に就職していたのだよ」

「それはラッキーだわね、何か掴めたらいいのにね！　でも一課は柏崎由希子も錦織議員も取り調べは難しくなったわね」

「二課の捜査が終わるまでお手上げ状態だ！　一課長が明日、警視庁に取り調べで木南信治殺害も尋問して貰えるように頼むと話していた」

「すべての罪を錦織議員に尋ねたら、ひとつなら認めるかも知れないわ！　三人も殺せば間違いなく死刑だからね」

「それは面白いかも、明日課長に進言してみよう」

翌日、横溝捜査一課長は美優の進言通り警視庁の二課に申し入れた。

管轄違いで邪魔くさそうに言われたが、交換条件に東南物産の桂木常務の情報を流すと言うと、簡単に条件を飲むことになった。

桂木常務の情報を掴むにも、二課にはもうその相手は半年近くも前に死んでいるので調べる術がないのだ。


その日の夕方、今度は静岡県警にUSBメモリーが送られて来て騒然となった。

それは桂木常務が女性に話すカジノ構想の全容だった。

「これは？　誰に話しているのだろう？」横溝捜査一課長が聞き耳を立てる。

「常務って呼んでいますが、相手は？　柏崎由希子？」

「女性が二人いるようですね、声が違いますね」佐山刑事が三人の会話だと言う。

「この女性もしかして、堂本聡子ではありませんか？」

「この録音は誰がした？　桂木常務か？」

「こんな危ない話を残さないでしょう？」

「堂本聡子は常務の女だろう？　残さないだろう？　もう一人誰かいるのか？」

結局この会話が何処で録音された物か詳しく調べることにして、コピーを捜査本部に残した。

三十四話

毎朝新聞に桂木常務と錦織議員のカジノ構想に関連する贈収賄の録音。

スクープ週刊誌に錦織議員と柏崎由希子の不倫現場の生々しい会話。

そして静岡県警に送られた柏崎由希子と思われる女性と、堂本聡子を交えた桂木常務の思惑の話。

「この大スクープを送りつけた人物は、東南物産、桂木常務、柏崎由希子、錦織議員に相当な恨みを持っている人か、ライバルだと思うけど、これほどの情報を手に入れられる人は限られるわね」

「誰だと思う？」

「ライバルがないとすれば、もう死んでいる人ね！」美優が意外なことを口にした。

「死んでいる人が恨んでいるのか?」

「そうとしか考えられない！　このような重大なスクープを新聞社とか警察に送りつけること
は、生きている人なら考えないわ！　億の金になる話よ！　少なくとも新聞社に売りつけるだ
けでも相当な金になるでしょう?」

「死人が送りつけた?　桂木常務か?」

「もう一人いるわ、堂本聡子さんよ！」

「二人は愛人関係だろう?　四年も付き合っている！」

「そこが判らないのと、私の仮説には無理がひとつあるのよ」

「何が無理なの?」

「仮説は、二人に亀裂が生じて、堂本さんが桂木常務を殺害したとしたら、足立伸子さんを殺
す人がいなくなるのよ」

「えー、美優は桂木常務が堂本聡子さんに殺されたと思っているのか?」

「色々考えたのだけれど、それが一番自然の成り行きなのよ！」
①柏崎由希子と錦織議員の密会の録音を手に入れて、足立伸子が脅す。
②脅された柏崎由希子は桂木に相談して、桂木が自分の持っていた青酸性の毒物で足立伸子
　を殺害する。

③足立伸子の殺害を手伝った堂本聡子が、残った青酸性の毒物で桂木常務を殺害する。
④理由は堂本聡子が桂木常務に秘密を握られていた、それは風俗で働いていた事実。
⑤足立伸子と桂木常務が安心して、お茶とかコーヒーを飲む人物はたぶん堂本聡子だけでしょう。

「この仮説を当てはめるには、一番に足立伸子が亡くなって、次は桂木常務、最後に堂本聡子でなければ成り立たない」

「美優の大胆な仮説も、桂木、堂本、足立の順では成り立たないのか？」

「私の推理は当たっていると思うのだけれど、何かトリックがないのかな？」

「それは無理だろう？　場所も日にちも違うから、例え共犯者がいても無理だよ！　彼女が亡くなってから実行しているのだよ！　無理だろう？」

「東京の山戸さんと、桂木常務の関係の話はどうなったの？」

「例のＵＳＢメモリーで、それどころではなかったよ！　外に出られる状況ではなかった。明日行くよ」


翌日一平が焼津の病院に元看護師の南時子を訪ねた。

今は内科医に勤めているので、開院時に普通に聞き込みに入る。

五十歳位の南は事前に問い合わせの電話をしていたので、一平を見ると奥の部屋に通して「ヤマトの違法手術のことでしょう?」と尋ねた。

「今回お邪魔したのは、東南物産の桂木常務をご存じないかと思いまして」

「半年程前に亡くなられた方ですよね、その方は知りませんが秘書の方は何度か病院に若い女性の堕胎に付いて来られました」

「えー、秘書の女性が妊娠していたのですか?」一平はこの病院に堂本も来たのだと知り、慌てたように写真を見せた。

南は堂本聡子の写真を手に取り、ゆっくりと見て「この女性は来られたことはありませんね」

「名前の判る方はご存じですか?」

「二年以上前から来られていませんが、連れて来られた方は秘書課長の籠谷さんでした。二、三人の手術をしましたが、たぶん全員東南物産の秘書の方ではと思いました」

一平は東南物産の秘書室に呆れ、南看護師と別れて美優に連絡をした。

「繋がったのね！　山戸院長と籠谷次長は同じ睡眠薬で死んだ！　何か同じ臭いがするわね」

「だが、この病院に堂本聡子が来た形跡はない」

「二年程前から誰も来ていないのは桂木常務が堂本聡子を秘書にしていたからよ」

「そうなると、やはり二人の愛人関係はうまくいっていたことになる」

「でもこの二人？」

「美優は二人の関係は悪いと思っているね」

「山戸さんと籠谷次長を殺害するか、自殺するように仕向けた人物は誰だろう？」

「二人を憎んでいる人は見当たらないような気がするけれどね」

「大阪府警に籠谷次長の捜査状況の資料を貰って、山戸さんの物も取り寄せて！」美優はそう言うと電話を切った。


夕方、静岡県警に警視庁から連絡が入った。

錦織議員が暴力団銀流会に木南の処分を頼み、木南が持っていたＵＳＢメモリーは処分したと、比較的簡単に自供したとのことだった。

県警は直ぐに銀流会の事務所に捜査員を派遣して、木南殺害の実行犯を逮捕した。

深夜の捕り物に浜松の町は騒然となったが、準備していたのか、犯行を行ったチンピラは簡単に引き渡された。

「錦織先生には指示は受けていません、蝿が一匹飛んでいたので叩き落としました」と会長は平然と答えて「ほかの殺しは一切知りません！　桂木常務が亡くなられたことが混乱の始まりですよ」と話した。

深夜に自宅に戻る一平が「美優の推理通り、木南殺しは暴力団銀流会の仕事だった。錦織議員は殺しを指示したことはないが、目障りな蝿が飛んで困ると言ったらしい」

「上手に言うわね、でもこれだけマスコミに叩かれたら、錦織議員も柏崎由希子も駄目ね」

連日ワイドショーのネタを提供している二人だった。

「ますます桂木常務と足立伸子を殺した犯人が判らなくなった」

「山戸院長と籠谷次長の死に何か共通点がある気がするわ、それに堂本聡子さんも同じでしょう？」

「微妙に共通点があるけれど、私明日堂本さんの自宅に行こうかな？」

「えー、乗り込むの？　県警では後追い自殺になっているのに、行くと困らない？」

「どうしても謎が解けないのよ！」そう言って行くと言い切る美優。

三十五話

話は去年の十月に戻って——。
どうしても足立伸子の殺害に踏み切れない堂本聡子は、晴之に貰った瀬戸頼子の携帯番号に電話をかけ、本当に桂木常務の命令で晴之との子供が殺されたのか確かめようとした。どうしてもそこまで悪い桂木常務だとは考えたくなかったのだ。

「あなたが釜江婦人科にいらっしゃった看護師さんの、瀬戸さんですか？」

「あなたはどなた？　私もう釜江婦人科は辞めたので、あの病院でのことは私には関係ありませんが」

「桂木常務の指示で電話をしている者ですが、籠谷次長からはお金を強請り取れませんよ」

「それなら、東南物産の桂木常務の指示で若い女の堕胎を行ったことを暴露してしまいますよ」

「あなたがどれ程のことをご存じか知りませんが、詳しい話は釜江院長と籠谷でしたので、あなたに判る筈はないと思うのですがね」聡子は聞き出すために敢えてそのように話した。

この瀬戸がどのようなことを知っているのか、何か作り話をしていないのかを確かめたかったからだ。

「桂木常務って悪い奴だね、籠谷次長から連絡が入って、秘書課の新しい課長に確認させるのか？　偉い人は違うね！　十分したらもう一度電話をかけてくれれば、録音を聞かせてあげるわ！　それを買って貰いたいのよ」

「えー、録音？　そのような物があるのですか？」

「証拠品もないのに、お金を要求できないでしょう？　先生との会話が残っているのよ」

電話口で青ざめる聡子。

自分の手術の実況中継を聞かされる？　そう思ったが、ことここに至っては真実を知りたい。

十分後、電話をする聡子は、声が若干震えていた。

聡子自身も手術の時を思い出していた。

手術室で手術着に着替えて、手術台に上がるように看護師に言われ、元気なく手術台に横たわる――。

「これが手術室での会話と、その後の話よ！　途中は編集しているけれどね。一時間もあるので必要のない部分は聞かなくてもいいでしょう」

「はい、聞かせて貰うわ……」

「全身麻酔をしますので、目が覚めたらすべてが終わっていますよ」

腕に麻酔薬の注射が始まると、涙が頬を伝わったことを思い出す。

「数を数えて下さい」看護師が注射をしながら言う。

「一、二、三、、、四、、、、五、、、ろ、、、」聡子の意識が遠のくと手術台が上昇。

「始めます」釜江医師が言って、手術が始まった。

「クスコ！」院長の声。

時々器具を指示する声、ゾンデ、カンシの用語が聞こえる。

手術の器具の動く音が微妙に聞こえているだけで、何も話し声が聞こえないのに急に泣き声が聞こえる。

「無意識で泣いていますね」瀬戸の声が聞こえる。

「可哀想にな！　子供が育ってないと言われて、騙されて堕されてしまうから泣いているのだろう」釜江医師の声が聞こえる。

しばらくして「堕胎は終わった、続けて次の手術を行う。本当はお腹を切るのだが、今日は膣式卵管結紮術を行う」聞き慣れない言葉に耳を疑う聡子。

「先生出血が少し多いですが？」

「止血剤を持って来い」

器具の音が聞こえて、しばらくして「よし、完了だ！」

「お疲れ様でした」

「点滴をして明日まで眠らせておけば大丈夫だ」

ここで音声が終わる。

「どうこれだけ聞けば十分でしょう。これ以外に先生が籠谷さんに御礼を貰う時の話もあるのよ！　納得したらお金を払いなさい」

「また連絡します」電話を終える聡子。

パソコンで膣式卵管結紮術を調べたのは、夜自宅に帰ってからだった。

「えーーーーーーーーーーー」

驚きの声を上げると、母の昭子が驚いて「どうしたの？」階下から声をかけた。

その後は声をかみ殺して泣き始め、食事もできず眠れず、翌土曜日早朝より、どこへともなく出て行った。

「晴之さん！　私決めたわ！　桂木を殺す！　そのためには鬼になって足立伸子も殺す！」

携帯に聞こえる聡子の声の変わりように驚く晴之。

「僕に計画がある！　今日会えないかな？」

「お願いがあるのだけれど聞いて貰える？　本当に私は馬鹿だったわ！」

「聡子のお願いなら何でも聞いてあげるよ！　僕達もう死んだのだから……」携帯の声が涙声になっているのを聞いて晴之も通話を切って泣いた。

晴之は聡子が何を言いたかったのか、お願いが何かを察知していた。

渡した瀬戸頼子の連絡先で、たぶん確かめてしまったのだろうと憶測ができた。

先日の躊躇いが、一気に殺人に変わってしまったこと、泣きながら連絡してきたことを考えると自然と結論がそこに行き着いた。

とても自分の口から伝えることはできなかった。

夜いつものホテルで会った二人は、お互いを求めて抱き合いすべてを察していた。

その後、晴之の殺害計画が延々と語られ、聡子は晴之の恨みの深さと自分に対する愛情を感じていた。


話は戻って――。

「こんにちは！　お電話致しました野平美優と申します」

「はい、どのような話でしょうか？　娘の聡子の話なら知りませんよ！　勤め先の常務さんの後を追って死ぬなんて今でも信じられません」

そう言いながら、聡子の母、昭子は現れた。

「何度も警察に話されたと思いますが、私は別のことがお聞きしたくて参りました」

「静岡県警の刑事の奥様で名探偵の美優さんだから、来て頂いたのですよ。ほかの人ならお断りしています」

「えー、ご存じだったのですか？」

「私もワイドショーで何度か拝見しましたから、存じています！　昔は平和でした。主人が癌になって余命宣告されてから、歯車が狂い始めたのでしょうか」

美優は自分がそこそこ有名なことも役に立つと思いながら、昭子の話に聞き耳を立てた。

三十六話

昭子が美優を受け入れたのには理由があった。

世間では桂木常務と不倫関係になり、後追い自殺をしたことになっていたので、納得していない昭子は半年が経過して訪れた美優に頼ろうとした。

「大きな会社に就職が決まって、大喜びをしていたのが入社後直ぐに落ち込んでしまって、暗い表情に変わってしまいました。主人も急に出世して、聡子の兄も早い出世で家族は大喜びになっていたのに、聡子だけ急に暗くなったのを今でも覚えています」

美優は事情を知っているが、この母親は何も知らないのだろう。子供が風俗で働いて家計を助けていたとは思いもしていないだろう。その風俗で知り合った相手が東南物産の桂木常務だったとは聡子も喋っていなかっただろうと思った。

「主人が大腸癌で入院して、退院すると会社に気を使って頂いて、楽な職場に配置転換になっただけでも喜んでいたのに、管理職になったのには驚きと喜びで家族中が大騒ぎになったくらいでした」

「それは聡子さんの就職が決まった前後ですか？」

「いいえ、楽な職場に変わった時は就職活動中だったと思いますね、願書は出していたかも知れませんし、会社訪問は積極的に行っていました。それが何か？」

「いえ、会社訪問で既に常務さんに面識が……」言葉を濁した美優。

「聡子が一番上機嫌だったのは、入社式の夜でしたね！　もう夜中まで自慢話が満開の桜のようでした。それが二日目主人が管理職に昇進して上機嫌だったのに、聡子はこの日から暗い日々に変わり、秘書ですから出張も多くなって、帰らない日が月に五日はありましたね」

美優はここまでの話を聞いて、桂木常務が自分の力を使って家族の職場をコントロールしていた事実を掴んだ。

「自宅で仕事の話はされていましたか？」

「全くしませんでしたが、今夜は何処に泊まるとかは連絡してきましたね。静岡、神奈川が多かったですね」

「聡子さんには恋人とかは？」

「それが、去年の今頃、結婚したいと話していた男性がいたのですよ！　子供は三十歳までに二人産むとか話していたのですが、その後は彼氏の話が消えてしまいました」

「お母さんはその彼氏のことは詳しく聞かれていますか？」

「名前は植野さんです。確か就職する前から付き合っていたようですが、聡子が就職する前に中国に転勤になったと聞きました。その後は年に一度か二度帰った時に会っていたようですが、去年の今頃から以降は話をしなくなりましたね」

「その植野さん以外でお付き合いのあった方は？」

「大学に入学した時、一人暮らしがしたいと武蔵小杉に小さなマンションを借りて住んで、その時、大村さんという同じ大学の人とお付き合いをしていました。でも主人の病気でそのマンションも引き払って、立ち消えになったように話していました。主人が入院の時は夜遅くまでバイトをして家計を助けてくれた良い子だったのですよ！」そう言うと感極まり涙が溢れ、昭子は席を立ってしまった。

風俗で働いて助けていたのですよ！とは今は口が裂けても言えない美優。

植野という男性と去年の今頃は結婚から、子供のことまで考えていた事実は？

子供が宿っていたのでは？　でも焼津の看護師の証言では、聡子の存在は確認されていない。

そのようなことを考えていると、昭子がコーヒーを入れて戻って来て「名探偵といわれている野平さん、娘が本当に桂木常務の後追い自殺ではないことを証明して下さい。お願いします」

「先程聞きました聡子さんの彼氏、植野さんの写真とか住所の判る物はございませんか？」

「それが、聡子が亡くなる前にすべて処分してしまったのか、携帯も写真も何も残ってないのです。自殺の前に身綺麗にしたのだと思います」

「お母さんがほかに何か植野さんについて、覚えていらっしゃることはありませんか？　名前とか？」

「名前ですか？」思い出そうとしているが浮かばない昭子。

その後はコーヒーを飲みながら、聡子の幼少期の話になってしまい事件に関する話は皆無だった。

美優は、何か思い出すか、資料が見つかれば連絡を下さいと言って聡子の実家を後にした。

しかし、植野という男性で中国に二年前転勤になったことだけで、人物を特定できるだろうか？　その男性が事件に関係しているとは決まっていない。

だが美優には、子供の話が残って何か関連があるような気がしていた。


自宅に帰った美優に新しいニュースが飛び込んで来た。

伊豆葛城山の山中で、中年の女性の死体が発見され、死後数ヶ月経過しているとテレビが報道していた。

また新しい事件なの？　まだ前の事件終わってないのに、と思っているとテレビのアナウンサーが「死因は青酸性の毒物による他殺の疑いが濃厚だと、静岡県警の発表です」と伝えた。

「えー、青酸性の毒物？　数ヶ月前？」呟く美優。

その時、久美が美加を連れてやって来て「また事件よ！　そのうち自宅に帰れなくなるわね」と言って微笑んだ。

「美加！　寝ちゃったのね」寝顔を見ながら言うと「何か判った？」久美は気になっているので早速尋ねた。

美優はあらかた説明をして「葛城山の遺体も関係あるかも」と言う。

「身元不明で一部白骨化し、数ヶ月前、青酸性の毒物！　可能性ありますね」

「歯形、ＤＮＡで身元が判明すれば良いのだけれどね」

二人の予想通り、伊藤も一平もその日は帰宅しなかった。


翌日県警が騒がしくなった。

「青酸性の毒物は、桂木常務、足立伸子の殺害と一致した」と発表されたからだ。

同時に横溝捜査一課長が、葛城山を一斉に捜索する山狩りを行うと発表した。

遺留品の捜索が目的で、何か痕跡を捜すためだった。

夕方一平が疲れた様子で戻り、着替えと風呂に入ると直ぐに出掛けると言った。

「一平ちゃん、忙しいけれど捜してほしい人がいるのよ！」

「今、とても手が回らないよ！　メモ書いてポケットに入れといて、時間ができたら捜すよ」

「お願いね、植野って人なのよ！　堂本聡子さんの恋人だった人！　中国に転勤しているらしいわ」風呂の前で喋る美優。

三十七話

翌日大掛かりな葛城山の捜索が行われて、早々に白骨遺体から二百メートル程入った場所に、今度は男性の遺体が発見された。

所持品は全くなし、一部白骨化は全く同じで、鑑識が一目見ただけで「同じ毒物による死亡ですね」と言った。

「心中ですかね」

「いや、身元を特定する物が何もないので、他殺だろう？　この男性も同じ時にここに遺棄されたようだな」

「冬だったので、腐敗が少し遅いですが、夏ならもっと進行していますね。年齢は五十代から六十代ですね」鑑識が調べて報告した。

「これで四人目の青酸性毒物の被害者だな！　何故この二人はこのような山の中に？」

「遠くから運ばれて来たのでしょうか？　でも死体を二百メートルも離して遺棄するのも大変だろう？」

「殺されたのは、昨年の九月から十一月頃ですね」

鑑識の簡単な検査の結果、殺害遺棄されたのは二人とも全く同じ時期だとの見解だった。

翌日、静岡県警で緊急記者発表と捜査会議が行われ、横溝捜査一課長は桂木常務、足立伸子と同一犯の犯行で、青酸性毒物による連続犯行だと発表した。

身元は判らないが、男女とも四十代から六十代だと答えた。

毎年八万人の行方不明者が出る日本で、身元を特定するのは相当時間が必要だとも述べる。

足立伸子と桂木常務は殆ど接点がなかったが、ボイスレコーダーで繋がったので、この二つの遺体も何かこの二人と関連があると確信していますと、横溝捜査一課長は会見で話した。

「この事件で何人死ぬのだろう？　恐くなるな」一平が言った。

「桂木常務の持っていた青酸性の毒物で四人、睡眠薬で三人ね。たぶん全員同じ犯人の可能性が高いわ。桂木常務が亡くなった時、たぶん堂本聡子さんも一緒に出張になっているのよね」

「それは調べていないが、たぶん静岡だから一緒に行ったのだろう？」

「東南物産に堂本聡子さんの出勤状況を調べて、何か判る可能性があるわ」

「美優は自分の推理を最後まで曲げないからな、時間があれば調べる」

「それからお願いした植野って人のことは？」

「そこまでまだ手が廻らないよ、中国に行った植野さんだろう？　二年前！　判った！　もう疲れて死にそうだよ」そのままベッドに倒れ込む一平。


翌日一平が「堂本聡子さん、桂木常務と静岡に行ってない」と連絡をして来た。

「えっ、じゃあその日は本社？」

「二日前から体調を崩して休んでいたらしい」

「静岡には別の秘書が付いて行ったの？」

「一人で行ったようだな。桂木常務は二日目にレンタカーで死んでいたことになる」

「その翌日、堂本聡子は自宅で死亡だったわね！　また判らないことが増えたわ」

「桂木常務が静岡に向かったのが、十月二十七日だから」独り言を言いながら書く。
①十月二十五日から堂本聡子は休んでいる。
②十月二十八日に桂木常務は亡くなった
③十月三十日に堂本聡子は死んで発見されたが前日には死んでいた。
④十月三十日の早朝足立伸子は死んでいた。
⑤堂本聡子の桂木常務殺しは可能だ。
⑥籠谷次長は十月二十日には亡くなっている。
⑦東南物産では堂本聡子と桂木常務の関係は把握していたので、亡くなっても休暇として警察には隠していた。
美優は取り調べの資料をもう一度読み直していた。

足立伸子が早朝新聞配達の人に目撃されていた事実のところで目が止まる。

背丈が百五十くらいしか特徴がない？　昨日の白骨化の女性も百五十？　身元不明だがもしかして、この人が身代わり？　次々飛躍の推理にのめり込む美優。

もし桂木常務より先に足立伸子さんが殺されていたら、当初の推理が成り立つが、鑑識が死亡時期を間違える？

「一平ちゃん、鑑識の人誰か紹介して貰うことは可能？」いきなり電話する美優。

事件の推理に没頭して、思いたったら直ぐに行動する癖が出始めた。

「鑑識の人は今大忙しだから無理だけど、同じマンションの大貫さんは、去年まで鑑識の人でベテランだったよ。尋ねたら教えて下さるよ！」

「あっ、大貫さんか！　忘れていた！」そう叫ぶと直ぐに電話を切った。

美優が直ぐに電話をすると、大貫さんの奥さんが出て「美優さん！　ご無沙汰ですねー。もしかして事件に首を突っ込んでいるの？」

「はい！　図星です。それで大貫さんにお尋ねしたいことがあるのですが？」

「残念ね。主人は娘の嫁ぎ先にお祝いに行って、来週まで帰らないのよ。携帯に電話して貰えたら良いかと」そう言って番号を伝えた。

美優は直ぐに電話をして、挨拶の後いきなり尋ねた。

「死亡推定日時を変更することができるでしょうか？」

「今の技術は進んでいるから、鑑識の判断は正しいと思うが、どの死体のことだ？」

「去年の足立伸子さんの死亡推定時刻です」と言うと「それは私が調べた仏様だ！」

「何か気になることはありませんでしたか？」

「気になるとはどのようなことだ！」

「死体が死亡推定時刻に比べて硬直が変だったとか？」

「野平さん、それは私の見立てが間違いだとでも言うのか?」

「いいえ! そうではありません、細工がされていた形跡はありませんでしたか?」

「細工? 何故そのような必要があるのだね?」

「殺害がもっと早いとか、考えてみたのです」

「そうだな、朝の二時から五時の殺害だが、少し遺体が冷たいというか、腰の裏辺りが特に冷たく感じたたな。でもあの日は寒い日だったぞ!」

「ありがとうございました」

「もういいのか?」

「はい! 少し気温を調べてみます」

美優は色々な想定を考えて自分の推理を実証しようとしていた。

三十八話

早速気温を調べ始めると、確かに足立伸子が殺された日の気温が低い。

五度と記録に残るが、これは測定地にも関係しているが十月の最低だった。

美優は足立伸子の遺体に細工がされて、殺害日時が変わったのかと調べていたのだ。

その時大貫が電話で「冷凍庫で冷やして、殺害日時を変えたと考えているなら、それはないぞ！　人間が簡単に凍ることはないし、時間がかかるから無理だ！」と念を押すように言った。

「わざわざありがとうございます」美優は苦笑いを浮かべ、そう言うほかなかった。

確かに死亡推定時刻を変えるには、相当短時間の間に遺体の腐敗を防ぐ必要があるが、なかなか難しいとの結論が出る。

では誰が桂木常務と足立伸子を殺害したのか？

美優の推理が再び暗礁に乗り上げた。


翌日意外と早く白骨化の男性の身元が判明した。歯の治療と家族から捜索願いが出ていたことが身元確認の決め手になったのだ。

「仏さんは池袋で婦人科医院をしていた釜江医師と判明した！　女性は未だ身元不明だが知り合いの可能性が高い」

横溝捜査一課長が発表した。

「また産婦人科医が殺害されたのですか。前回の殺し方と異なりますが、関係はありますか？」

記者の質問。

「それはこれから調べますが、私達静岡県警では関連があると考えています」

「二課のほうで事件になっている熱海、初島カジノ構想にも関係している訳ですね」記者の質問が飛ぶ。

「もちろんです！　東南物産の画策で既に錦織議員、猿渡議員、柏崎議員の取り調べが行われていますが、殺人も視野に事実関係を調べています」

「身元不明の女性も釜江医師と近い人と考えて捜索中ですか？」

「はい、今関係者で行方不明の人物がその女性では？と確認中です」

「それはどなたですか？」

「まだ発表はできません！　もう少しお待ち下さい」横溝捜査一課長はそう言って会見を打ち切った。

釜江婦人科病院は半年前に医師の失踪で閉院になっている。

同じようにヤマトレディースクリニックも、殆ど同じ時期に院長の死亡で閉院になっている。

釜江婦人科病院に勤めていた看護師を捜して聞き込みに行くと、少し前に医院を退職した看護師がいて、今回のもう一人の死体に体型が似ていることを掴んだ。

名前は瀬戸頼子で、退職後は行方不明になっている。

家賃は自動引き落としになっているが、マンションに住んでいる気配がないことも県警は掴んだ。

マンションの強制捜査で室内から毛髪を採取、DNA鑑定の結果で予想した通り瀬戸頼子と断定されたのは翌日だった。

美優の進言で釜江病院に残された医療の記録を調べるために、静岡県警からも数人の刑事が閉院されている病院を訪れた。

院長の行方不明で、病院は当時の状態で保存され、勤めていた看護師と事務員は自然解散のように去って行った。

堂本聡子の治療記録が残っていたら、この釜江婦人科で接点が見つかることになるが、治療記録は何処にもなかった。ただ、不透明な治療記録が存在していた。

静岡県警は元この病院に勤めていた看護師、医療事務員の名簿を入手して、聞き取り調査を行うことにする。

一平が「必ず何処かに接点がある！」と主張したことが大きい。

翌日、籠谷次長と堂本聡子の写真を手に、各地に分散している人々に当たると、比較的早く二人の事務員が見つかった。しかし、全く二人を覚えておらず、瀬戸頼子看護師が院長とペアで手術を殆ど行い、時々事務所を経由しない患者がいたようなこともあったと証言した。

院長と瀬戸が同じ葛城山で殺されたことに驚いていたが、突然院長が失踪したのは十月二十五日で、その二日前に退職していた瀬戸さんから院長に電話があり、深刻そうな顔をしていたとも証言した。

この話から県警では、瀬戸頼子が釜江院長を呼び出したことは間違いないと判断した。

十月二十五日は奇しくも堂本聡子が休暇を取った日だ。


情報を貰った美優は新しい時系列で事件を追ってみる。

十月二十五日から堂本聡子は休んでいる。
①十月二十五日から堂本聡子は休暇を取り、同日釜江院長は失踪した。
②十月二十八日に桂木常務は亡くなった。
③十月三十日に堂本聡子は死んで発見されたが前日には死んでいた。
④十月三十日の早朝足立伸子は死んでいた。
⑤堂本聡子の桂木常務殺しは可能だ。
⑥籠谷次長は十月二十日には亡くなっている。
⑦釜江院長と瀬戸頼子も青酸カリで殺されていた。

⑧ヤマトと釜江両婦人科は、現状では接点がない。
静岡県警は釜江医院の資料を持ち帰って分析を始めた。

ヤマトレディースクリニックの医療記録はすでに手に入れて、分析を始めていた。

ホテルでの睡眠薬自殺は、使われた薬が違法睡眠薬なので、必ず事件に結び付くと信じていた。


数日後、一平が美優に「ヤマトのほうは相当違法な堕胎を行っていたことが判明した。釜江のほうはそれ程違法なことは少ないようだが、患者の名前のない手術も年に数回あるようだ」

「去年の資料だけ見せてほしいな！」

「それは無理だよ！　自宅に持ち帰りは無理だし、カルテはドイツ語になっている部分が多いから判らないだろう？　今専門の医者に来て貰ってカルテの分析を始めたよ」

「無理か！　見に行くかな？」好奇心旺盛な美優は、この釜江の診療記録に何か秘密が隠されているのでは？と思っていた。

「それからお願いされていた植野って人、二年前の三月に出国した男で三人いたよ！　これがメモだ」

メモを見て「北海道の男性二十九歳、兵庫県の男性三十歳、山梨県の男性二十八歳。この人達

「それは調べてない、出国した人で調べただけだ」

独身？」

美優は直ぐに、独身の人か調べてほしいと頼み込んだ。

三十九話

県警から資料の分析を依頼された医師が、カルテを見て「名前のない患者さんが数人いたようですね。殆どが堕胎で避妊手術も行っていますね」と答えた。

佐山刑事が医師に「堕胎は中絶ですよね。避妊、不妊とは違いますよね」と尋ねた。

「一人の患者さんは堕胎と避妊手術を行ったようですね。病気かそれとも強姦か。元々妊娠しては困る女性が妊娠してしまった場合などでしょうね」

「例えば？」

「脳に障害のある女性が変質者に強姦されて妊娠した場合とかですね。この女性の年齢は判りませんが、もう子供が必要ないので堕胎と同時に避妊手術を行った可能性もあります。膣式卵管結紮術という、傷が残らない方法です」

結局、年間で十数件の違法な手術を行った記録が、釜江婦人科のカルテで発見された。同じくヤマトレディースクリニックの医療記録からは、多い時には月に五件の違法手術が行われていたことが判明した。

一平は三人の植野の結婚歴を調べたが、全員独身との答えが返ってきた。連絡すると美優は「会社は何処なの？　それも調べて！」と次の要求をする。パスポートの出国履歴で調べたので、なかなか三人の会社は判らない。仕事で行ったか遊びで行ったのかも判らない。

夜の捜査会議の席上、横溝捜査一課長は「今回の事件は複雑で正直判らないのが実情です」と前置きをして「青酸カリと違法睡眠薬を使用していることから同一犯の犯行だと思われるが、動機に全く共通点がないことが事件を不可解なものにしている。今夜は個人の意見を聞こうと思う。殺された二人の婦人科医は違法な堕胎等で儲けていた共通点があるが、面識はないようだ。手元の資料に色々書いてあるので、各自読みながらでもいいので意見を言ってくれ」

佐山が「犯人は違法な仕事をしている二人の医師を、制裁のような形で殺したのではないでしょうか？」と口火を切った。

「桂木常務と足立伸子は青酸性の毒物で殺されていて、ほかには睡眠薬での殺害もある。しかし、堂本聡子だけは明らかに自殺だ」横溝捜査一課長が付け加えた。

「ホテルで亡くなった山戸医師も、殺された可能性が高いですね」

「野平！　美優さんは今どのようなことを調べているのだ？」突然尋ねる横溝捜査一課長。

「美優は今、植野という男性を捜していますね」

「それは誰だ！」

「堂本聡子の元恋人らしいと聞きました」

「堂本聡子に彼氏がいたのか？　初耳だな！　どんな男だ」

「学生時代に恋愛をしていて、去年の今頃には結婚を口にしていたらしいですが、その後は言わなくなったと聞きました」

「桂木常務と二股か？　金持ちを選んだのか？　その辺りを調べている訳だな！　聡子を取られた恨みで殺したと考えているのかな？」

「違うと思いますが、妻が何を考えているか判らないのが実情です」一平の言葉に笑いが漏れる。

「それで見つかったのか？」

「はい、植野という男は三人いて、その中の誰かでしょうが、未だ特定できていません」

「毎回、美優さんにはお世話になっている県警だ。今回は頼らずに解決しよう！」そう言って横溝捜査一課長は自分に気合いを入れた。

昨年十月に戻る――。

晴之は籠谷次長の自白ですべての経緯を知っていたが、聡子には敢えてすべてを伝えなかった。余りにも惨い出来事で、とても口には出せなかったからだ。

自分との間にできた子供を殺されて、二度と子供が産めない身体にされてしまった聡子の怒りは言葉では表せない状態で、鬼に変わったと言っても過言ではなかった。

お互いもう口には出さず、聡子は晴之の計画を黙って手伝い、実行するだけになっていた。

既に聡子は計画通り、青酸カリで釜江婦人科医と足立伸子、桂木常務を殺害していた。

逮捕されたら死刑は確実の二人、だが晴之にはもう一人許せない男、山戸医師の存在があった。

もちろん、瀬戸頼子も用事が終われば殺すが今は捕えてあり、偽装を手伝わせる予定だった。

頼子は、力を貸すことで自分は命を助けて貰えると思っている。

聡子は自殺する前、晴之にもう一度詫びて、自分がもう少し強ければ桂木常務の思い通りにはならなかったのに……と涙を流した。

「晴之さん先に逝きます！　後はよろしくお願いします」

聡子は十月二十九日、晴之と最後の時間を過ごして自宅に帰って行った。

「僕も直ぐ後から逝く！　待っていて……」晴之の言葉は涙で消えた。


話は戻って――。

捜査会議の後、深夜に帰宅した一平が会議で貰った資料を美優に見せた。

読みながら「凄い医師達ね！　こんなに沢山の手術を行っていたなんて。この場所は風俗も多いから繁盛したのね」

「山戸医師が殺されたのは睡眠薬、籠谷次長も睡眠薬、堂本聡子も睡眠薬」独り言のように呟く一平。

次の資料を見ていた美優が突然泣き始めた。

「どうしたの？　美優」驚いて側に来る一平に「もしもこの女性が堂本聡子さんならって考えていたら、思わず涙が出て来たのよ」

「佐山さんが医師から聞いた話では『脳に障害のある女性が変質者に強姦されて妊娠した場合とかですね。この女性の年齢は判りませんが、もう子供が必要ないので堕胎と同時に避妊手術を行った可能性もあります。膣式卵管結紮術という、傷が残らない方法です』ということだったそうだよ」

「もしもよ、この女性が堂本聡子さんで、この事実を知ったらどうする？　それも本人が知らない場合は？」

「えー、恐ろしいことを考えるね。僕がその立場なら殺すな！」

「ほら、殺すでしょう？　犯人は堂本聡子さんに間違いないわ！」

「えーー、堂本聡子さんが犯人なの？　相当無理があるような」

「そうなのよね、葛城山の死体遺棄は車から投げ捨てたと思うけれど、もう一人は無理でしょう？」

「釜江院長の場合は少し運んでから投げ捨てているから、女性一人では無理だな」

「だから共犯者が必要なのよ！　恋人の植野よ！」

美優の推理に驚くが、美優が「でも違うのよ！　順番が合わないのよ！」と口走った。

四十話

翌日捜査本部が沸き立った。

ようやく二課の捜査から一課の手に廻って来た柏崎由希子が、佐山達の尋問に簡単に自供を始めて驚かせた。

供述はこうだった。

猿渡議員から熱海、初島カジノ構想を聞かされて興味を持ったが、所詮地元議員の戯言だと聞き流していたところ、或る日、東南物産の桂木常務を紹介されて現実味を帯びてきた。自分に何故話が来たのか不思議に思っていたが、カジノ誘致に大物代議士の力が必要と言われ、錦織議員の名前が浮上し、錦織議員の首を縦に振るにはあなたの力が必要だと桂木常務に説得された――。

錦織議員は昔から柏崎由希子の熱烈なファンで、後援会の会長をしていた事実もある。

一度ベッドを共にすれば首を縦に振って貰えると説得されたのだ。

最初は二の足を踏んでいたが、次期選挙で東南物産が総力を挙げて応援するからと言われて納得した。

桂木常務からは、錦織議員との密約が現実のことだと証拠のボイスレコーダーを聞かされ、この後に自分と錦織議員の密会の様子を録音してほしいと頼まれた。

自分はそのような恥ずかしい内容を録音することには躊躇ったが、それがなければ錦織議員に最終的に逃げられてしまい、そうしたら意味がなくなると説得され、渋々承諾をした。

しかし、ホテルのベッドの隙間に設置したボイスレコーダーが落ちてしまい、慌てて拾いバッグに入れた機器が異なる物だった。

桂木常務の待つホテルに持参してそれがわかり、驚いてラブホテルに連絡をしたが、既に何者かに持ち去られた後だった。

しばらくして、足立伸子という女性からボイスレコーダーを買い取るようにとの連絡があり、桂木常務にすべてを託してこの件から外れた——。

「数日後、桂木常務からボイスレコーダーは取り戻したと連絡があり、安心したのです。でも事実は私の知らないところで、異なる展開になりました。桂木常務が再び何者かに脅されて金を要求されていたのでした。常務から『足立伸子を始末してでも事実は隠蔽するから安心してほしい』と電話を頂いたのが十月二十七日の夜でした」

実際は翌日に桂木常務が殺害され、二日後足立伸子も殺害されたので、意味が判らなくなり、恐くて自分も狙われるのではと怯えていたと供述した。

「話の内容を知っている人はほかにいますか?」の質問に「秘書の堂本聡子さんは殆ど知っていたと思いますが」

「事件ではないのでニュースにはなっていませんが、堂本聡子さんも常務が亡くなった二日後に自殺されています」

「えー、知らなかったわ。常務との関係を疑われるのを避けるため、その後は東南物産関係には顔を出さなかったので……」驚いた様子の柏崎由希子。

既に錦織議員との不倫は報道されているが、自分は一連の殺人事件には全く関与していないことを強調したくて全面自供をしたと佐山刑事は考え、事実に間違いないだろうと思った。

錦織議員が、その後強請ってきた足立伸子の友人、木南信治の殺害に関与していたことを自供したのも柏崎由希子の供述を後押ししたようだ。

その後の捜査会議で横溝捜査一課長は「柏崎由希子の自供で、東南物産が熱海、初島カジノ構想を巡り人民党の大物代議士、錦織議員に働きかけたことは実証された。だが一連の話から考えると、桂木常務が亡くなって彼等は大きな損失を被ったことになった。この観点から、ライバル、敵対する団体の関与も考えて捜査をする必要が出て来た」と発表した。

「葛城山の事件は、この事件との関連はないのでしょうか？　同じ青酸性の毒物が使われていますが？」白石刑事が質問した。

「関連を考えたが、殺された釜江医師と看護師の瀬戸頼子がカジノ構想とは結び付かないので、全く別の事件ではないだろうか？」横溝捜査一課長が言った。

「違法睡眠薬で亡くなった堂本聡子、婦人科医の山戸医師、東南物産の籠谷次長はどうでしょう?」今度は伊藤刑事が発言した。

「この三人は全員自殺で処理されているが、偶然なのか?」

「偶然だとしても、三人ともがこの睡眠薬を手に入れるのは難しいと思いますが?」

「私は桂木常務が持っていた物を、籠谷次長も堂本聡子も手に入れていたと考えている」

「山戸医師は?」

「山戸医師は何度も籠谷次長と会っていたので、譲り受けたのではないかと思われる。それぞれ自殺の動機はあるようだ。山戸医師は新宿の裏社会と関係があり、手術の失敗等でトラブルが絶えなかった。籠谷次長は若い男と自宅マンション付近で会っている情報から失恋のショック、堂本聡子は桂木常務と四年以上に渡る愛人関係が終わったショックによる自殺だ! 三人とも他殺の証拠はない」

横溝捜査一課長は、事件は全く別の物として解決しようと考えていることが明らかになり、一平は美優の推理をこの席で話すことができない状況になった。

美優は全ての事件は、堂本聡子の復讐だと思っているが、今は実証されていない。

昨夜美優が「この殺された胎児が植野さんの子供だったら?」と言った時、一平も涙が溢れてきたのを思い出していた。

「野平主任、その後奥様の推理はどのような感じだ!」

いつも気になるのか、必ず一平に確かめる横溝捜査一課長。

「は、はい」と立ち上がった顔を見て「野平刑事も花粉症か？」横溝捜査一課長が涙目を見て言った。

「美優は、未だに判らない！を繰り返しています」

「流石の名探偵も、事件を分けなければ目星が付かないだろう？　その辺りを教えて、必要なら手伝ってあげなさい」横溝捜査一課長は自分の考えに酔っていた。

翌日一平は美優に頼まれた植野という名前の三人の身元を調べていた。

パスポートは出身地だが、実際は別の場所で仕事をしているので、なかなか特定が難しい。

北海道の植野春樹は、農業の研究のために山東省に一年の研究に行っているので比較的簡単に判った。

兵庫県と山梨県の植野は二人とも東京に住んでいる事実は掴んだが、それ以上は判らない。

本籍地を調べて連絡したが、兵庫県の植野政明は二年前に中国に行って帰っていない。

山梨県の植野晴之は、何度か帰っているが現在の住まいは不明だ。

「この晴之さんが本命ね！」美優は一平の報告で簡単に結論付けた。

四十一話

美優はこの植野晴之の消息を大至急把握するように一平に頼み込み、持ち帰った資料を見る。

「実家に電話をしたの？」

「両親は既に他界されて、実家には姉夫婦がいらっしゃった」

「仕事はどこ？」

「柳井工業という会社で、本社は東京だ！」

美優は早速パソコンで柳井工業を調べ始める。

「出入国管理で調べると、今は日本にいる。去年の九月に帰国しているらしい」

「柳井工業には確かめたの？」

「まだ確かめてない！　この植野晴之が堂本聡子の彼氏だとは決まっていなかったので、電話ができなかった」

「あっ、これかも？」柳井工業のホームページを見ながら叫ぶ美優。

「明日、柳井工業に植野晴之の所在を聞いて、それから静岡県で柳井工業と取引がある冷凍食品会社を訪ねてほしい」

「冷凍食品会社？」聞き直す一平に「その二つ大至急お願い」そう言うとパソコンの画面に釘づけになった。

翌日九時半に一平から連絡があった。

「植野晴之は既に柳井工業を退社している。それと静岡の冷凍食品の会社だけれど沢山あるがどうする？」

「もう柳井工業を退社しているのね。彼はもうこの世に未練がないかも知れないわね」

「えー、本当なの？」

「たぶん、堂本聡子さんの後を追って死ぬと思うわ」

「謎が解けたのだね！」

「間違いないと思うけれど、実証するには植野晴之さんのトリックを解かないと駄目なの！自社の技術を使った可能性が高いわ！　急速凍結技術よ！」

「でも三十数社あるのだよ」

「じゃあ、リストを送って」

しばらくしてＦＡＸで送られて来たリストに順番に電話することにした美優。

「御社の冷凍設備に柳井工業の物を使われていますね。柳井工業の営業の植野さん、最近連絡ありましたか？」

「柳井工業とは取引あるけれど、植野って営業は知らないな。警察が何を調べているのですか？」

「植野さんをご存じないのなら、結構です」

このような電話を次々とする美優。もういちいち説明をする時間もないので、いきなり静岡県警ですと告げる。

三十数社に電話をしたが、植野を知っている会社は僅か五社で、その会社も最近植野とはコンタクトがない。

美優は熱海に近い場所、神奈川県の可能性も残っていると、再び一平に連絡をする。

「美優、不味いよ！　県警の名前で連絡しただろう？　問い合わせが県警に来て大変だよ！もう直ぐ課長の耳に入るぞ！」

「それより柳井工業に神奈川県で取引のある冷凍食品会社のリスト送らせて！」

「説明しなければ、課長が怒ると思うけれど？」

「判ったわ、県警に行くから待って貰って、でも急ぐのよ！」

「県警に置いておくから早く来てよ！　怒られる前にね」

美優は自分の力では晴之の行方が捜し出せないと思い、県警に乗り込み説明する道を選ぶことにした。

しばらくして県警にタクシーで乗り着けた美優。

「これが神奈川の冷凍食品の会社だ！」そう言ってリストを手渡す一平。

捜査本部に入ると横溝捜査一課長が「美優さん慌ててどうしたのですか？」と姿を見つけて駆け寄ってきた。

「事件の全貌が見えましたが、大至急捜さなければ犯人が死んでしまいます」

「えー、犯人が見つかった？」

「はい、課長。植野晴之と堂本聡子の共犯です！」

「最近捜していた植野っていう男が犯人ですか？」

「今までどうしても解けなかった謎が解けたのです。彼は最後に東南物産を告発して自殺すると思います。柏崎由希子が殆ど自白したので、彼の目的は達成されたと思うからです」

「何の話か理解できないのですが？」横溝捜査一課長が美優の話に戸惑いを見せる。

「時間がないので、手分けして電話で柳井工業の植野と取引のある冷凍食品会社を特定して下さい」

「判った！　とにかく捜そう！　私には判るように教えてほしい」

「判りました！」と応接に行こうとした時「課長！　テレビ局から電話です」と女性が横溝捜査一課長を呼び止めた。

自分の机に戻った横溝捜査一課長が受話器を取り、しばらく話をしていると顔色が大きく変わる。

「返事を半時間待って下さい」そう言って電話を切ると美優の側に来て「テレビ局に東南物産の悪行を放送しなさいとの手紙と、ＵＳＢメモリーが送られて来たそうだ。もしも放送しなければ無差別に東南物産の社員を殺すと書いてあったらしい」

「内容は聞かなくても大体判りますが、彼はまだ青酸カリも睡眠薬も持っているのでしょう？死ぬ気ですから何でもしますよ」

「美優さん、詳しく事件を教えて下さい！　早急に！」

「はい、でも放送させると彼は死にますので、早く身柄を確保する必要があります」

「それと冷凍食品会社にどのような関係があるのでしょう？」

応接に向かいながら尋ねる横溝捜査一課長。

応接に入ると美優は横溝捜査一課長に話し始めた。

「ことの始まりは約五年前になるのでしょうか？　東南物産の桂木常務はやり手で、社内の営業のトップの地位を確立していました。

でも元来の遊び好きと接待のために女性関係も盛んで、風俗遊びも活発に行っていたと思われます。

一方堂本聡子は国立大学に通う有能な女性で、大学入学と同時に一人暮らしを始めて武蔵小杉の小さなハイツ茜に住み、大学に通いながらアルバイトの書店で働いていました。

そんな或る日、大学の先輩大村茂樹が聡子の住んでいるマンションの筋向かいに家庭教師として働きに来たのです。

二人は偶然の出会いに意気投合して、関係を持つほどの付き合いになりました。

だが聡子に思いもしない事件が起こりました。それは父治への大腸癌の宣告でした」

話に頷く横溝捜査一課長。

四十二話

「急に働き手を失った堂本家、長男の孝一も就職は決まっていましたが、来年のことで当面はバイトで家計を助けるため聡子は渋谷のスナックに勤めました。

でもスナックの仕事は彼女には合わなかったのか、それは判りませんが、もう少し収入の良い風俗の道に足を踏み入れたのです。

この時、家計を助けるためマンションでの一人暮らしを引き払い、実家に戻りました。

その結果、大村茂樹との仲も疎遠になったと思われます。

大村茂樹は、私の推測ですが水商売に行った時点で、現在の妻瑠衣に乗り換えたのだと思います。

両親が比較的堅い家のようですので、去って行ったと思われます。

水商売から風俗『品川ゴールド』に入った時、自分から去って行った男の、彼女の名前を使っているのを見ても、憎しみが滲み出ていると思います。

この風俗でかつみと名乗り、運悪く加山、即ち桂木常務に出会ってしまったのです。

元々頭の良い女性が好きだった桂木は、かつみ即ち堂本聡子を気に入った。でも聡子は僅か半年で風俗を辞めています。

理由は父の癌の進行が止まり、仕事に復帰できたからです。

ここで不思議なことに、父は仕事先の前田機械で従来とは異なる楽な職場に配属になり、その後は管理職になっています。

これはたぶん桂木常務が裏から手を廻して、昇進させたと考えられます。

何度も呼ばれている間に、聡子は身の上話をしてしまったのだと考えられます。半年程で風俗を辞めて就職活動を始めた聡子は、運悪くか、桂木が勧めたのか、東南物産を受験したのです。

この頃柳井工業の植野晴之と知り合ったと思われます。たぶん聡子は東南物産に就職するまで、加山が桂木常務だとは知らなかったと思われます。その後は父親の仕事、兄の仕事、自分の過去、柳井工業の彼氏の仕事も桂木常務に握られていたと思います。

事実、柳井工業の植野は彼女が東南物産に入社した時に、中国の支店に飛ばされています。その後は秘書兼愛人として、桂木常務に仕えていたのでしょう。

年に数回帰って来る植野晴之との愛を確かめていて、そのような時に桂木常務は熱海、初島カジノ構想に着手したのだと思われます。

秘書として聡子は優秀だったと考えられます。

片時も離さずに、連れて各地に同行していますから、そして泊まる時はかつみの名前を使って宿泊していましたので、警察は掴めない訳です」

「加山かつみ！　盲点だったな」黙って聞いていた横溝捜査一課長が初めて喋った。

「だが何故、このような事件が起こったのだ」

再び話し始める美優。

「先日自供した柏崎由希子を利用して政界の大物代議士錦織議員を手の内に入れ、さあこれからという時にボイスレコーダー盗聴事件が勃発し、足立伸子に強請られてしまいました。再三に亘る強請は、足立伸子ではなく堂本聡子が仕掛けたと思われます」

「えー、堂本聡子が？　何故？」

「それがこの事件を複雑にした原因です」と言うと説明を始める。

「復讐を実行したのです。彼女は足立伸子には何も恨みはなかったと考えられますが、足立伸子を利用して桂木常務を強請ったのは、間違いなく聡子と植野だと思います。

足立伸子は百万と引き替えにボイスレコーダーを桂木常務に渡しましたが、その取引をしたのが堂本聡子だと思われます。

聡子は植野に言われて、ボイスレコーダーのコピーを作成して内容を分散し、後に毎朝新聞、警察、週刊誌に送りつけています。

これほどの大スキャンダルを持っていても、お金に換える意思が全くないのは、二人が復讐のためだけに行動したからだと窺えます」

「それほどの恨みとは一体何だったのかね？」怪訝な顔で尋ねる横溝捜査一課長。

「ここで婦人科医の二人が登場します。桂木常務は愛人兼秘書の堂本聡子に惚れていたと思われます。

そのため恋人の植野晴之は邪魔な存在でしたが、年に一回程度日本に戻って来る植野と聡子の恋は燃え上がり、妊娠したと考えられます。

聡子は妊娠を機に秘書兼愛人を辞めたいと桂木常務に申し出たと考えられます。

桂木常務は聡子以外の秘書とも過去に関係を持って、籠谷次長が山戸医師の元に連れて行き堕胎をさせていたと考えられます。

桂木常務は恋人がいる聡子に対し相当な嫉妬心を持っていたようです。

そのため、聡子を山戸医師の病院ではなく、設備の整った病院に送り込んだのです」

「何のために？　植野の子供を中絶するためなら、山戸医師で十分だろう？」

「それは恐ろしい計画だったのです。

その任を任された籠谷次長、元課長は功績で大阪本社の次長に昇進したと考えられます。

聡子が宿した植野の子供を始末するだけでは我慢できずに、桂木は堕胎と同時に聡子が二度と妊娠できないように卵管を切除させたのです」

「えー、惨い！　だが本人は直ぐに判るだろう？　お腹に傷ができるのだろう？」

「先日、釜江婦人科病院の医療記録の中に、一人名前のない患者が中絶手術と同時に、膣式卵管結紮術を行っている記録がありました。傷が残らない方法です。この手術をされたのが堂本聡子だと考えられます」

「私にも娘がいるが、このようなことをされたら殺すぞ！」怒りと同時に目頭を押さえる横溝捜査一課長。

「鬼のような所行ですね。桂木常務も聡子を愛していたのでしょうが、方法が間違っています。でも聡子は何も知らなかったと考えられます。傷も残っていませんから、子供が堕胎された事実のみを実感していたと思われます。

その後のカジノ構想のために、桂木常務と行動を共にして、初島にも行って民宿に泊まっていますからね。

でも、私が柳井工業で調べたら、或る日植野晴之が辞表を叩き付けて退職しているのです。それは上海支店にさらに一年の勤務を言い渡された日だと証言が取れました。

再び桂木常務の差し金で、人事が決まったのだと思います。

たぶん、日本に戻った植野は自分の人事に対して、どこからか聞いたのだと思います。

それで関係会社の東南物産に目星を付けて、色々なところに聞いて回り、偶然恐ろしい事実を知ってしまったのではないかと考えられます」

「私なら耐えられない！　桂木常務と聡子の関係は知らないのだろう？」

「帰国して初めて知ったと考えられますね」美優の話は続いた。

四十三話

刑事達が手分けをして神奈川県の冷凍商品会社に連絡するが、なかなか柳井工業との取引がない。

中には取引があるが、植野との面識はこの一年ほどはないと言われ、発見できない捜査陣。


応接室では美優が核心に触れる話をしていた。

「知ったのはたぶん大阪本社の籠谷次長からだと思います。それと違法睡眠薬は植野が中国で手に入れた物だと考えられます。

籠谷次長を問い詰めてノイローゼ状態に追い込み、睡眠薬を飲むように仕向けた可能性があります。

籠谷次長が全ての経緯を話したので、植野は山戸医師を呼び出して同じく睡眠薬で殺害。

その後、釜江婦人科の瀬戸頼子看護師を利用したのでは?と思いますがこの部分は判りません。

私が判らなかったのは、桂木常務より先に死ぬ必要があった足立伸子が何故後に殺されたのかなのですが、柳井工業の業態を見てようやく謎が解けました。

柳井工業は冷凍設備、ガス等を販売している会社ですので、その技術を使って植野は殺害した足立伸子の死体を急速凍結して保管し、二日後熱海の梅林に遺棄したと考えられます」

「それで、冷凍商品会社なのか？　だが死体を受け入れる会社はないだろう？」

「それが問題なのですが、必ずあると思います！　普通の冷凍庫では解剖所見で時間が誤魔化せませんから、急速に凍らせてしまったと考えられます」

頷く横溝捜査一課長。再び話し始める美優。

「十月二十八日、二人はボイスレコーダーのコピーを作り、聡子が桂木常務の元に届けてコーヒーで乾杯でもしたと思われます。聡子を信頼していた桂木常務は、何も怪しむことなくコーヒーを飲んでしまったと考えられます。

足立伸子の殺害も桂木が手渡した青酸性の毒物です。アイスのお茶で殺されたのは、どこか暖かい場所だったからで、早朝からアイスの茶は飲まないと思います」

「なるほど！　新聞配達の人が見た女性は誰なのだ？」

「それはたぶん、背格好から考えて瀬戸頼子だと思われますね。殺害される前の姿でしょう。葛城山で二人の死体の廃棄場所が離れていたのは、先に殺害した釜江医師を二人で葛城山に遺棄し、植野晴之が足立伸子の死体を梅林公園に遺棄した後、瀬戸頼子を殺害して同じように葛城山に遺棄したので、場所が変わったと思われます」

そこまで聞いた横溝捜査一課長がふーっと大きく頷く。

「今回も美優さんに完敗のようだな！　これからどうなる？」

「植野は東南物産の悪行を世間に晒して、自分も聡子さんの後を追うでしょうね」

「人情的には放送させてやりたいが、内容は聞いてないか？」

「籠谷次長の告白ではないでしょうか。最後に聡子さんの無念を晴らしたいでしょうから」

横溝捜査一課長は再びテレビ局に電話をして内容を確かめると、沈痛な表情で美優の顔を見て頷いた。

佐山が「課長！　どこにも植野との接点はありません。あっても数年前で一年以内の連絡は皆無です」と報告した。

「でも、地理的に同時に二つの殺人を行ったのですから、浜松近辺だと思うのですがね。静岡県内の冷凍食品の会社には該当がないのです」首を捻る美優。

「柳井工業にリストを貰うのは？　食品会社以外にあるのかも知れない」一平が口を挟む。

「よし、そうしてくれ！」横溝捜査一課長の決断は早かった。

冷凍設備等の販売先のリストが捜査本部に届いたのは、二十分後だった。

美優が自分の調べた会社をピックアップしてから「マグロの保管？　マグロの急速凍結だったのね！」と目が留まる。食品といっても漁業にまでは目が向いていなかった。

美優は早速浜名湖の近くにある高塚水産に電話した。

「柳井工業の植野さんが最近来られませんでしたか?」

「植野君か? 最近は来てないが、半年くらい前に来て最近使っていない急速凍結庫を一週間程使わせてほしいと言われたよ」そう答えた。

電話を終えると「見つかりました! 高塚水産の急速凍結冷凍庫です」

美優の言葉で、捜査員が一斉に浜名湖方面に向かう。

「この場所なら、二人の死体を同時に処理できますね! 距離が近いです」

「桂木常務の死体が見つかった場所まで僅かだ! 流石は美優さんだ」褒め称えるが、植野晴之の身柄を拘束していない。

「放送されるなら、聡子さんのところに報告に行くでしょう? 彼女が亡くなってから約半年ですから」

「横須賀の警察に連絡をして身柄の確保だ! 墓地の可能性があるってことですね」

頷く美優だが、複雑な気持ちになっていた。

例え復讐とはいえ、足立伸子、桂木常務、籠谷次長、釜江医師、山戸医師、瀬戸頼子と六人もの人を殺害した罪は重い。

本当は静かに逝かせてあげるのが正しいのかもしれない……自問自答する。

しばらくして、捜査本部に植野確保、睡眠薬の瓶を持っていたとの連絡が入った。

その後半時間が経過して、テレビ局が一連の殺人事件の速報を一斉に流した。

犯人植野晴之が、横須賀の墓地で捜査員に取り押さえられたことを大きく伝える。

時を同じくして、高塚水産に向かった一平達が、急速凍結庫内に痕跡を発見したと報告してきた。


横溝捜査一課長はテレビ局に放送を解禁して、植野が送りつけたＵＳＢメモリーを公開させることにした。

それは横溝捜査一課長の植野に対する気持ちの表れだった。

美優の予想通り、植野に責められて供述する籠谷次長の肉声で、桂木常務に命令されて堂本聡子を騙して病院に連れて行った事実が語られ、ほか数名の秘書に対しても同様に行ったことを赤裸々に語っている。

そして、桂木常務の熱海、初島カジノ構想の全容も付け加えられていた。

その声はまさしく堂本聡子の告白に近く、桂木常務が言った夜の蛾を引用していた。

最後に植野の肉声で「聡子！　守ってやれなくてごめんな！　俺も直ぐ逝くから！」と締めくくられている。

夜遅く静岡県警に移送されてきた植野晴之に「お前が送ったUSBメモリーはテレビ局が先程全国に流したぞ！」と横溝捜査一課長が伝えると「見せて下さい」と小さな声で言う。

録画の画面を見せると植野は、大粒の涙を流して「ありがとうございました」と横溝捜査一課長に御礼を言った。

佐山刑事の「明日から、本格的な取り調べだ！　今夜はゆっくり休め！」の言葉に頷いたが、翌朝植野が姿を見せることはなかった。

最後に隠し持っていた青酸カリを服用し、亡くなっていた。

その事実を電話で聞いた美優は「東南物産は株価も急落して、立ち直れない程の打撃を受けたし、もう彼に聞くことは何もなかったと思うわ」と言った。

「今頃二人は天国で愛し合っているわよ。哀しい事件だったわ……」

夜、そう言って一平に抱きつき、悲しみを拭おうとした。

完

二〇一八年四月十一日

杉山　実（すぎやま みのる）

兵庫県在住。

この物語はフィクションであり、実在の人物・団体とは一切関係ありません。

夜の蛾

2020年6月5日　発行

著　者　杉山　実

発行所　ブックウェイ

〒670-0933　姫路市平野町62

TEL.079（222）5372　FAX.079（244）1482

https://bookway.jp

印刷所　小野高速印刷株式会社

ISBN978-4-86584-461-0